BAJO EL CIELO
TROPICAL

PIERRE PIERSON

EQUIPO EDITORIAL

Autor: *Pierre Pierson*
Revisión de textos: *Francisco Muñoz,*
Francisco Arellano Oviedo
Revisión de pruebas: *Sandra Jarquín*
Diseño: *Pierre Pierson*
Fotografía de portada: *Ollyy/Shutterstock*
Fotografía del autor: *Humberto Arcia*
Impreso por: *Kindle Direct Publishing (KDP)*

A mis padres,
Charles Pierson y Carmen Vílchez

A mis abuelos,
Pierre Pierson y Virginia Cuadra
Mauro Vílchez y Marina Midence

ÍNDICE

Martina

—¿Trae carta de recomendación? —le preguntó Remigio a la nueva aspirante al servicio doméstico, una negra corpulenta que permanecía como militar en espera de órdenes.

Nerviosa, sacó de su pequeña cartera de charol sintético una carta arrugada. El joven la leyó en voz baja y dijo:

—Marta del Socorro Sotelo, nacida en El Rama. ¿Y su segundo apellido?

—Bracamonte.

—Le voy a ser franco, aquí no duran las empleadas. Mi tía tiene muy mal carácter. La paciencia es la mayor cualidad que busco.

—Yo ya estoy acostumbrada. Si viera a doña Sonia Montiel, la que firma la carta. ¡Qué genio!, pero mire todo lo que dice de mí. Una vez me tiró un florero. Por suerte pegué un brinco y no me dio.

—Le pido una cosa: si tiene algún problema, me lo dice. Le ruego que no abandone el trabajo sin avisarme; la última muchacha desapareció sin decir nada.

—Necesito este trabajo. Tengo una niña que alimentar, usted sabe. Con doña Sonia duré siete años, me despidió dos veces, pero me volvía a llamar, y yo, como le tenía cariño, siempre regresaba.

—¿Y por qué se fue?

—Es que la pobre, que en paz descanse, se murió.

Remigio, aguantando la risa, la envió a ponerse el uniforme de la última empleada. Después se armó de valor y entró donde la tía para preparar el terreno.

—Tía Chepita, ¿cómo está?

—¡Cómo puede estar una vieja! Mejor preguntame que dónde me duele.

—¿Vio qué lindo día?

—Vos sabés que no me gusta salir, los rayos ultravioletas son peligrosos y se me mancha la cara.

—¡Le tengo una sorpresa! Contraté a una nueva muchacha para que la ayude y le haga compañía.

—No necesito que nadie me acompañe. ¡Todas son unas ineptas, incapaces de nada!

—Dele una oportunidad. Con todo el ajetreo olvidé contarle que dentro de dos meses tendré que salir de viaje por un tiempo y quiero irme tranquilo.

—¡Así es que me abandonás, ingrato!

—No, tiita, es que voy a tomar un curso especializado en biología marina. Usted sabe que me encanta.

—¡Vas a perder el tiempo, eso no da de comer! Estás como tu padre, que estudió antropología. Su mayor trabajo fue explicarle a todo el mundo qué era eso. ¿Y qué fue lo que le dio de comer a la familia? ¿La antropología? No. ¡El comercio! Además, tenés que aprender a administrar la herencia que te voy a dejar. Es el sacrificio de mi padre y el mío y no podés despilfarrarlo.

—Tía, quién piensa en la muerte, si está entera.

El joven salió inquieto de la habitación y encontró a Marta del Socorro, parada, esperando con su porte de dignidad. El pequeño y ridículo uniforme resaltaba las lonjas que luchaban por liberarse; los zapatos, dos tallas menos, apretaban sus pies cornetos, y el charral de pelo murruco indómito, erizado. Con vergüenza ajena, la envió nuevamente al cuarto de servicio para que se amarrara el pelo en una cola y se quitara el maquillaje. Antes de entrar de nuevo en la habitación de la tía Chepita, respiró profundo.

—Tía Chepita, esta es Marta del Socorro.

La tía, con la mirada fija en el televisor, ignoró la presentación. Sin voltear la cara preguntó:

—¿Cuántos años tenés?

—Treinta y dos, señora —respondió nerviosa.

—Marta del Socorro es un nombre demasiado largo para una empleada; te voy a decir Martina.

—Como usted quiera.

—¿Eso quiere decir que le parece bien, tía?

—¡Y qué remedio tengo!

Aliviado, besó a la anciana y salió preocupado por el destino de la pobre Marta del Socorro, quien se quedó inmóvil en espera de instrucciones.

—¿Qué estás esperando ahí parada? Andá a la cocina

y me traés un té de manzanilla.

La mujer estaba a punto de salir del cuarto cuando doña Chepita, en tono militar, dijo:

—¡Martina!

—¡Sí, señora!

—¿Cómo se dice?

—¿Cómo se dice qué?

—Cuando te pedí el té me deberías haber respondido: «Con mucho gusto, señora».

—Ah, sí, disculpe. ¡Con mucho gusto señora!

Marta del Socorro regresó aferrada a la bien arreglada bandeja de plata esterlina, concentrada en no caerse con la exquisita tetera y la taza de cerámica de Limoges. Doña Chepita, que continuaba con su vida anclada en el televisor, dijo refunfuñando:

—¡Si las quebrás, te echo presa!

La muchacha, sin inmutarse, se esmeró al servir el té, empinó la tetera dejando un dedo del borde sin derramar una sola gota, sirvió el azúcar y meneó la infusión con la cucharita de plata antigua. Aliviada de terminar su delicada misión salió del cuarto pensando:

—Doña Chepa, ajá y, ¿cómo se dice? ¡Muchas gracias! ¡Muchas gracias!

Llegó a la cocina temblorosa, se bebió un vaso de agua fría y se sentó. La cocinera se conmovió de verla tan afectada.

—¿Cómo ha hecho usted para aguantar a esta señora? —preguntó Marta del Socorro.

—Soy nueva, tengo tres meses de servir, yo no le hago caso a la vieja, hago lo que me pide y ya. ¡Allá ella con su mal humor! Tranquilizate, no le pongás mente. No creás que aquí hay mucho trabajo, es solo ella, y de vez en cuando viene el sobrino a acompañarla por un rato, pero yo creo que ni él la aguanta.

Antes de su viaje, Remigio reunió por separado a las empleadas, al chofer y a los de seguridad para darles indicaciones precisas. Entró al cuarto a despedirse de su tía, quien no escatimó en llenarlo de culpabilidad. Prudentemente lo ignoró y después de darle un beso cariñoso, se marchó.

—¡Martina, Martina! —gritó doña Chepita.

—¡Ya voy!

—¡No se grita, muchacha! ¡Dejá lo que estás haciendo y vení inmediatamente!

Llegó corriendo con una pequeña caja envuelta en celofán.

—Aquí me dio don Remigio una campanita de vidrio para que se la entregara a usted y no tenga que gritar.

—Ese idealista piensa en todo.

Doña Chepita abrió la caja y dijo enfática:

—¡Es de cristal cortado, no de vidrio! Ese uniforme te queda espantoso. Mañana vas con el chofer a que te hagan uno a tu medida.

—Gracias, señora.

Después de darle sus medicamentos, las empleadas se encerraron en el cuarto de servicio. Marta del Socorro se aflojó el brasier y adoptó una pose sofisticada, haciendo una burda imitación de doña Chepita mientras bebía una taza de chocolate caliente y se aturugaba de galletas finas que se había robado de la alacena. Con la boca llena dijo:

—¡Qué vieja más ridícula! Ya me estoy aburriendo, la vida aquí es la misma todos los días. Nunca viene nadie a visitarla. Mi antigua patrona tenía unos hijos tan guapos que daba gusto verlos cuando llegaban. ¡Yo vivía suspirando! En esa familia se tenían unos enredos mejores que los de la novela de las ocho. ¡Si te contara!

—Me llamó una amiga para invitarme a una fiesta y me dijo que llevara gente. ¡Va a estar alegrísimo! ¿Querés ir? —le preguntó la cocinera.

—¿Y vamos a dejar sola a la vieja? ¿Y si le pasa algo o se despierta de noche?

—¡Eso no es problema! Le voy a echar en el té dos pastillas de las que toma para dormir. ¡No se va a despertar hasta mañana! Son las mismas que le daba la enfermera a mi antigua patrona. Ya sabés, este es un secreto entre las dos. ¡Cuidado si decís algo!

—¿Estás segura? ¡No le vaya a pasar nada, que nos llevan presas!

Marta del Socorro entró sonriente al cuarto con la vajilla bien servida. Doña Chepita, sentada en su sillón, susurraba las avemarías.

—Aquí le traigo el té que tanto le gusta, señora.

—¡Déjamelo ahí, qué no ves que estoy rezando el rosario! —dijo doña Chepita molesta.

Las empleadas se emperifollaron y salieron clandestinamente. Mientras subían una desvencijada escalera de madera con la intención de saltar el muro, la luz de una linterna las descubrió. Paralizadas por el susto y cegadas por el foco escucharon la voz hosca del nuevo cuidador:

—¿Adónde creen que van?

—¡Es que…! ¿Y don Tomás? —preguntó de pronto la cocinera.

—El otro fue transferido a solicitud de don Remigio.

—Es que queríamos coger aire. Con este calor no hay quien aguante —dijo Marta del Socorro, asustada.

—¡Tendrá que ser en el jardín! Me dieron órdenes de no dejar salir a nadie —dijo el cuidador con determinación.

—¡Ah, bueno, cuando quiera un cafecito me avisa! —dijo la cocinera con zalamería.

—El café me da gastritis, muchas gracias —respondió el mal encarado cuidador.

A media mañana, doña Chepita despertó en su silla, soñolienta, extrañada y furiosa por haberse perdido la novela de las nueve, *La cruz de Jacinta*. Malhumorada, estuvo despotricando durante todo el día. Esa tarde recibió la visita de su única prima sobreviviente y tocaya, Josefa de

Jiménez. Vestida de negro y de apariencia sufrida, con un pañuelo de lino blanco perfumado se secó la trémula boca y dijo entre sollozos:

—Chepita, todos mis amigos están muertos. ¡Estoy tan triste...! La Juana Robles, la última amiga que me queda, siempre tan sana, tan bien conservada, ¡tiene cáncer! Vengo de hacerle la visita y sufre una profunda depresión.

—Ya sabés que no me gusta que me cuenten malas noticias.

—Vos tenés tanta fortaleza que es admirable. No te inmutás por nada.

—Cada quien con su temperamento. Cuando me llegue mi turno, veremos.

—En esta vida pasamos la mitad penando por dolores del alma y la otra mitad sufriendo por dolores físicos.

—¡Qué fatalista te veo, mujer!

Marta del Socorro, que escuchaba escondida, regresó a la cocina para informar a su compañera. Las mujeres, hastiadas por el encierro, fraguaron un nuevo plan.

—¡Buenos días, doña Chepita! ¿Cómo amaneció? —dijo Marta del Socorro al entrar con el propósito de arreglar la cama.

—Hoy estás muy parlanchina —respondió doña Chepita molesta.

—Disculpe, pero ¿vio qué bonito día hace, soleado y con viento? ¿No le gustaría salir a pasear? Yo conozco un lugar bellísimo que le va a gustar.

—¡Dejá de estarme metiendo plática, igualada!

La empleada regresó a la cocina, frustrada, y se sentó junto a su compañera a escoger los frijoles. Después de ayudar a la cocinera continuó con la limpieza de la casa tratando de mantenerse ocupada. La mente llena de recuerdos y de futuro la acompañaba amigable. Su máximo deseo era escaparse para comprar un vestido rojo en una nueva tienda de ropa de segunda mano. Mientras lampaceaba se imaginaba el ardiente encuentro con su novio en el río, escondidos y húmedos entre los grandes peñascos. Él, apasionado subiéndole el vestido; ella, perdida, entregada, salpicada de culpa y prohibición que acrecentaban la certeza de sus profundos sentimientos femeninos. Un leve mareo la dejó sentada en un sillón de la sala. Su compañera, que la observaba por el pequeño cristal de la puerta, salió y dijo en voz baja:

—¿Qué te pasa? ¡Levantate de allí, que si te ve la patrona sentada, te corre!

—No te preocupés, que ella nunca sale de su cuarto.

Las mujeres, resignadas al encierro, hacían apuestas sobre las predecibles reacciones de doña Chepita. Por las noches, un silencio árido invadía aquella casa vacía. Una débil luz iluminaba a las mujeres, prisioneras en el pequeño cuarto, conversando sobre sus básicas necesidades y contando historias hasta que, cansadas, se dormían para iniciar su impuesta rutina la mañana siguiente.

Ese año pasó lento y sin novedad. Remigio alternaba

entre la universidad y el compromiso de supervisar el funcionamiento de la casa de su tía desde el extranjero. En una de sus visitas se enamoró de una agraciada y culta mujer en sus treinta, Victoria Montenegro Lacayo, de buena familia, y se comprometió. Victoria, que no congeniaba con doña Chepita, hacía visitas esporádicas con gran paciencia. Siempre salía con el mal sabor de boca causado por sus arbitrarias imposiciones.

Un viernes por la noche, don Goyo, el chofer, sufrió un infarto fulminante. En reemplazo llegó Manuel, un chele de Río Blanco con cara de niño. De entrada cautivó a ambas empleadas, que se desvivían en atenciones. El zángano se aprovechaba de sus debilidades para saquear las reliquias y provisiones de la bodega. En complicidad, los tres planearon las vacaciones de Semana Santa. Un mes antes, lideradas por el experto Manuel, empezaron a desorientar a doña Chepita con medicamentos y sedantes que la mantenían dormida la mayor parte del tiempo. El Domingo de Ramos, engañada y aturdida, la montaron en el carro. En el camino, entre delirios, la señora observaba por las ventanas el verde paisaje de montañas y cielos azules, el lago embravecido por los fuertes vientos y el dorado atardecer.

Acostada en una humilde tijera, entre el susurro de las olas y el trinar de los pájaros al amanecer, doña Chepita despertó:

—Martina, ¿qué estoy haciendo aquí?

—¡Ay, señora!, fíjese que buscando el camino a la casa de su prima nos perdimos y se nos descompuso el carro. Por suerte encontramos esta cabaña. Manuel anda tratando de encontrar un mecánico.

—¿Y vos creés que yo soy bruta? ¿Qué voy a hacer a casa de mi prima?

—¿No recuerda que ella la invitó a pasar Semana Santa?

—¡Me querés volver loca, verdad!

—No se preocupe, que ya viene el chofer. Le preparamos el tecito, que le gusta tanto.

—No voy a tomar nada hasta que regrese. ¿Vos creés que nací ayer? Ya sabía yo que a ustedes había que tenerles cuidado.

—No se ponga así, señora.

—¡Son unas ineptas, no saben ni mentir, nada pueden hacer bien! Los voy a echar presos a todos.

—No diga eso, señora, que pronto vamos a regresar. Cálmese, que le va a dar un infarto.

Las mujeres la subieron a su silla de ruedas y la colocaron debajo de un malinche florecido, obligada a mirar el vasto horizonte, enfrentada con el paisaje, el sonido de las hojas y el celeste cielo de nubes blancas. A medida que las horas pasaban advertía las continuas variaciones en su entorno. Los elementos, agua y viento se conjugaban con la luz solar creando toda clase de reflejos, matices y colores. Las gaviotas y las garzas volaban buscando su alimento.

A medianoche la despertaron los ruidos y risas del chofer y Marta del Socorro, entregados a atrevidos juegos previos al sexo. A través de las sencillas y floreadas cortinas de cretona, la luna perfilaba los cuerpos de imperfecta perfección. La dura cama donde yacía la distinguida señora rompía sus esquemas en aquella sencillez de lona y arena. Afloraron viejos sentimientos que habían sido enterrados vivos. Su intimidad, su viejo amor, que luchaba por ser real, la observaba desde lejos y la hipnotizaba en ese primer momento, sumergida en su candidez. Experimentó en un destello fugaz lo sublime e ingenuo del amor romántico y cómo aquel primer día regresaba acariciándola, eterno, y después se iba lentamente en medio de un sueño de bailes y vestidos de seda, de idilios prohibidos y tiernos. Volvían los muertos y los amores pasados; dormido quedaba lo pasajero, la desilusión y la rutina. Dormido quedaba el sueño de soñar lo que fue.

Con su pelo blanco y fino alborotado, amaneció en silencio, relajada por el descanso. Martina, con un pocillo en las manos, afligida, se le acercó y dijo:

—Doña Chepita, hoy sí se va a tomar su té, ¿verdad? Y después le voy a preparar un baño caliente.

Sin decir palabra, se tomó la infusión y accedió a tomar el baño, con pana hecha de jícara, entre tablones viejos de madera y ramas de palmas secas. La suave brisa la remontó a sus años de niña libre y feliz, mimada por la nana Tomasa, temperando en el mar. Su estricto padre, distante e inhibido, la derretía con su mirada tierna. Tiempos de abundancia, de vida, de sueños, un mundo por delante por descubrir, un mundo que ahora era un pasado de recuerdos que salían a jugar. Embargada de ese dulce sabor, intentó recordar en qué momento se había olvidado de soñar.

—¿Y el mecánico? —preguntó doña Chepita.

—Fíjese que no encontró a ninguno, todos están de vacaciones.

—Nos vamos a morir de hambre.

—No se preocupe, que traje comida suficiente.

—¡Ay, Martina, vos creés que soy ilusa!

—¿Ilusa? Si es algo malo, ¡claro que no! ¡Cómo cree usted, doña Chepita!

—Contame de tu vida, muchacha.

—Qué le puedo decir. Nací en El Rama y tengo una niña de ocho años. Aquí guardo una foto. ¿Se la enseño? Le decimos Coquito.

Doña Chepita tomó la foto de feria que le mostraba Marta del Socorro. Una niña de ricitos negros montada en un caballito de palo sonreía. La observó detenidamente. El recuerdo de su hija la guillotinó cual hacha afilada que parte la médula. Se hizo un profundo silencio. Con un nudo en la garganta le regresó la foto.

—Bonita niña, se parece a vos —dijo doña Chepita con una voz que no ocultaba la amargura que la había poseído.

—Si yo soy fea, señora, y ella es linda —respondió

Marta del Socorro—. ¿Y su hija, la que está en la foto sobre la mesa de la sala?, ¿dónde vive? —se atrevió a preguntar.

—Esa es una larga historia. Hace muchos años que no hablamos. Un día dejó de llamar y no responde a mis mensajes. Le he escrito tantas cartas..., pero siempre me las regresan.

—¡Qué malagradecida, con una madre como usted!

Doña Chepita cerró los ojos durante un instante y después, con voz apesadumbrada, le pidió a Marta del Socorro que la llevara a dar un paseo.

—¡Si usted camina bien, señora! No sé por qué siempre está postrada en esa silla.

—Es por miedo a caerme.

—Yo pensé que usted no le tenía miedo a nada.

Apoyada en el hombro de Marta del Socorro, lenta, pero firme, caminaron por la costa.

Al bajar el sol, en memoria de tiempos locos de juventud, con su combinación de seda, se bañaron en la orilla del inmenso lago Cocibolca; el agua espumosa le cubría las blancas piernas.

—Las piernas eran lo mejor que tenía, eran mi orgullo. Te confieso que odiaba mis caderas pronunciadas.

—Todavía es tan guapa señora, y elegante. Yo odio mi pelo, todo se me enreda y me cuesta peinarlo.

—Nos pasamos gran parte de la vida despreciando la perfecta creación de Dios, y solo nos damos cuenta de nuestra ingratitud cuando lo perdemos todo. ¡Entonces es cuando vienen los lamentos!

La tranquilidad fue interrumpida por un helicóptero que volaba bajo. A los pocos minutos estaban rodeados por policías como si se tratase de una operación de gran envergadura. Las empleadas de inmediato pusieron las manos arriba. El chofer que estaba bien tomado trató de escapar. Tras una breve persecución y forcejeo fue reducido por los oficiales. Las mujeres, esposadas, lloraban de miedo, mientras eran subidas a la tina de la patrulla. Doña Chepita, que llevaba el pelo recogido y una flor en la oreja, fue llevada de regreso a su casa.

Remigio había volado de emergencia dos días antes alarmado por la llamada de su novia, Victoria, quien para no perder tiempo dio parte a la policía de la desaparición de la anciana. El sobrino informado del exitoso rescate la esperaba en la puerta. Al verla llegar corrió a recibirla:

—¡Tía querida, pensé miles de cosas! ¡Hemos estado en ascuas! ¿Cómo está? ¡Qué barbaridad, cómo la pudieron llevar de esa forma! ¿Y qué esperaban, pedir rescate? Le prometo que nunca volverá a pasar. Tiene que presentar cargos de inmediato, si no, salen libres esos criminales.

—Yo no pienso ir a la comisaría.

—¿Quiere que traiga aquí al judicial para que le tomen su denuncia formal?

—No voy a poner denuncia alguna.

—¡Pero son un peligro! ¡Una mafia organizada!

—¡Tranquilízate! Después hablaremos sobre esto.

Contame, hijo, ¿cómo te ha ido con tus estudios?

—Muy bien tía, soy el primero en la clase. Quiero conseguir una beca para la maestría.

—Así que te la vas a pasar estudiando. Te encanta, ¿verdad? En algún momento tendrás que enfrentar la vida. ¿Y creés que te servirá de algo en este país? Aquí tenés que ser un administrador de empresas, un abogado o por lo menos, agrónomo.

—Tal vez para entonces se necesite un biólogo.

—¡Un biólogo mal pagado!

Marta del Socorro llegó a su humilde casa muy de mañana. Su madre y su niña, descalza, salieron a recibirla con el corazón lleno de gozo. Entregó a la campesina el mísero sueldo que traía escondido en el calzón, destinado para la siembra, y repartió caramelos y galletas a sus sobrinos, que se regocijaban con los tesoros que siempre traía la tía. Cansada del largo viaje tierra adentro, se sentó en un tronco improvisado. La primera llovizna de invierno cayó mansamente. Abrió los brazos para recibir el agua y dijo:

—Este invierno parece que va a ser bueno.

—¡Dios te oiga, hija mía! Con la sequía del año pasado necesitamos una buena cosecha.

De madrugada, Marta del Socorro empacó en una bolsa de plástico sus pocas pertenencias. Coquito, su hija, la acompañó a la parada del bus para robarle hasta el último segundo. Se montó con lágrimas de resignación.

Al llegar a su trabajo guardó en el ropero su vestido y se puso el uniforme blanco. Remigio, que estaba a punto de salir hacia el aeropuerto para tomar el avión de regreso a los Estados Unidos, dio las últimas recomendaciones y le advirtió que la seguridad esta vez sería estricta.

Marta del Socorro entró al cuarto con la bandeja bien servida. Doña Chepita, sentada frente al televisor, tomó la taza, dio un sorbo, respiró profundo y mientras recostaba su espalda sobre la silla, preguntó:

—¿Adónde vamos hoy, Martina?

Zapatos negros

El sonido del oleaje se entretejía con las risas, los besos y las promesas de amor. Los acordes de una guitarra sonaban en el momento perfecto de la partitura de esa noche de encanto y viento. Entre las cortinas de la oscuridad se perfilaban siluetas de parejas entrelazadas en abrazos profundos; de fondo, la antigua fortaleza del Morro, iluminada y misteriosa. La fresca brisa causada por la explosión de las olas contra el espigón humedecía el ambiente y la piel.

Marcial Bazán, impregnado de sensaciones, se sentó en el ancho muro del Malecón habanero; observaba atento, queriendo descifrar ese mundo nuevo al que había entrado hacía pocas horas procedente de Canarias. A su lado pasaban en desfile hembras y machos de alquiler, amantes infieles, mujeres en alma y corazón en cuerpos de hombres pintarrajeados exageradamente que ponían la nota extravagante. El joven intentaba mantener una actitud prudente dentro de aquella exagerada alegría y vulgaridad. Un travesti le coqueteó abiertamente para dejarle saber que estaba a su disposición para cualquier cosa. La amiga acompañante dijo discretamente:

—¡Oye, chica, eres una sata! Deja al macho en paz, Francine, que viene el azulejo y te van a meter presa.

—Ay, Dominique, no me agües la fiesta, chica, que hace días que no come el pajarito. ¡No jorobes más! ¡Es un mangón! Me estás sapeando. ¡Envidiosa!

—¡Por Santa Bárbara bendita, eres una descarada! Me preocupa tu seguridad, es que pierdes la cabeza por cualquiera. Estás como la jinetera de la Casandra... Hablando del rey de Roma... ¡Esa no se va a morir!

Un mujerón bajó de un automóvil, sacó de una diminuta cartera su vanidad, se retocó la pintura de labios afeminadamente y meciendo las caderas se acercó a sus compañeras.

—¿Cómo están, chicas?

—Aquí en el tíbiri-tábara. ¡Qué nos queda!

—¿Y Luly?, ¿dónde la dejaste?

—Ni me hables de esa, que se quedó sin plumas y cacareando. ¡Le dio una sirimba! Ahí verá cómo resuelve sola porque no dispara un chícharo y yo estoy en la fuácata.

—¡Mejor túmbala, que es de cartón! Chicas, nos pillamos, ¡que me deja la guagua!

El autobús no tardó en arrancar. El travesti entaconado, tambaleándose sobre el pavimento, corrió detrás del descuidado transporte colectivo mientras las otras le gritaban:

—¡Corre, sardina, que se te va la lata!

Marcial, atento al espectáculo, se moría de risa. Un cubano bien acicalado se detuvo frente a él y le dijo con familiaridad:

—Acere, ¡esto es una salación! ¿Tienes un tabaco pa' compartir?

—¡Claro que sí!

—No les hagas caso, chico, que esas no muerden. ¡Ese huevo quiere sal!

—Pero me parece bien que tengan libertad y puedan expresarse.

—¡Libertad!, bueno, eso es relativo, con estas no les queda de otra, son un ballú.

—En Santa Cruz no es tan común este jolgorio.

—Chico, hace un mes visité Santa Cruz, en Camagüey. ¿Santa Cruz del Norte o del Sur?

—Ni una ni otra, Santa Cruz de Tenerife.

—Tenerife, Tenerife. ¿Queda en Matanzas?

—No, ¡en España! —respondió Marcial sonriendo.

—¡Tú pareces cubano, chico! ¡Me estás tomando el pelo! Los españoles hablan con zeta, lo sé bien porque esta ciudad está llena de gallegos. ¿Tú me has visto cara de bobo?

—España es diversa; las islas Canarias quedan frente a las costas de África. Yo también estoy sorprendido del parecido con ustedes en muchos aspectos.

—¡Pero bueno, acere, también eres isleño! Y fumas Hollywood. ¡Estos tabacos cubanos son suaves!

—A mí me gustan rubios.

—¡Así que eres extranjero! Hace algunos años sería amonestado por relacionarme con un turista.

—¡Veo que ustedes son muy amigables!

—La necesidad nos ha vuelto más amigables, ¡con este bloqueo y después de la caída del bloque comunista, vivimos de período especial en período especial! La primera vez era especial, pero ahora, ya ni el nombre le cambian.

—Acabo de llegar y me muero de hambre. ¿Dónde se puede comer algo ligero?

—Yo te invitaría a mi casa, pero ya hasta el gato se fue. ¡Oye, tienes suerte, acere, te has encontrado con el mejor guía turístico de La Habana!

—Supongo que te refieres a ti —respondió Marcial con gesto divertido.

—Lo adivinaste, acere —replicó el cubano con una sonrisa pícara.

Atravesaron la avenida Antonio Maceo y a poca distancia encontraron La Paladar, una nueva modalidad de restaurantes que el gobierno se vio obligado a permitir debido al ahogamiento económico. Entraron en la humilde casa y se sentaron en una sencilla mesa atendidos por la familia entera. Con la cordialidad del cubano y rodeados de un ambiente informal, la falta de extractores dejaba un penetrante aroma de mezclas indefinidas y deliciosas. El canario invitó a su nuevo guía, quien, sin hacerse mucho de rogar, aceptó. El hambriento hombre desquitó la cena con un repertorio de historias y chistes que no perdían su brillo a pesar de haberlas repetido decenas de veces. Marcial reía encantado de su ingenio y ocurrencia; se sentía afortunado por haber encontrado tan pronto a este simpático personaje que le serviría de guía en La Habana, una vez que regresara de la gira por las provincias occidentales del país que ya tenía contratada con un operador turístico.

A su regreso, el cubano lo llevó por lugares clandestinos de artistas plásticos y diestros artesanos. Un mercado negro donde se podía encontrar cualquier maravilla, desde una lámpara estilo Tiffany hecha a mano o antigüedades de plata convertidas en obras de arte, hasta artesanías realizadas con materiales insólitos, desperdicios, palillos de dientes, tapas de refresco y cartón. Coexistían lo más sofisticado con lo más ingenuo. Operaban con una red de cómplices. El cliente era referido por comisionistas que personalmente los llevaban. Con ingeniosas contraseñas y sigilo lo recibían y les mostraban los objetos. Últimamente estaban en alerta; infiltrados soplones los habían delatado causando redadas y amonestaciones. La severidad del castigo dependía de su afiliación y cumplimiento con el partido.

Visitaron las galerías de arte moderno que funcionaban bajo el amparo del Ministerio de Cultura, únicas autorizadas para comercializar pinturas y reproducciones, que marcaban al reverso con un sello lacrado que permitía su salida del país. Esa tarde, el cubano lo invitó a su casa para conocer a sus padres. El joven canario, vestido para la ocasión y perfumado, subió las empinadas escaleras tras su guía hasta llegar al quinto piso del edificio que se encontraba en total estado de abandono.

En el pequeño y deteriorado apartamento, casi vacío, un viejo de pocas carnes se mecía en una ruidosa silla al lado de un sofá roto, una mesita de centro cubierta con un tapete tejido y un arreglo de flores rojas de plástico baratas encima, uno de los pocos adornos que podían verse en las casas cubanas. Llegaban en grandes cantidades a las tiendas, donde el día asignado podías escoger entre un jabón, una toalla, un par de zapatos de limitada numeración o un adorno de mal gusto, todo de la más baja calidad. Debías esperar el turno durante un buen rato y si las existencias se agotaban, tenías que aguantar hasta el próximo. Al lado del comedor había un pequeño cuarto de estar, convertible, donde dormía el cubano; en el rincón, un catre plegado con la mitad de los resortes reventados y varios recortes de anuncios de prendas de lujo pegados en la pared con goma de mascar.

—Te pido un favor, que no se te ocurra criticar a Fifo, perdón, al comandante. ¡Mi padre es comunista!

—Pipo, te presento a un amigo español.

—¿De dónde? —preguntó el viejo gritando.

—¡Español!, ¡de las islas Canarias! ¿Y Mima, no está?

—Salió a visitar a Vivitica. ¡Buenas tardes, tome asiento! —dijo el señor gritando de nuevo.

—Mucho gusto en conocerlo. Marcial Bazán —dijo y estrechó su mano.

—Mi padre no oye bien, tienes que hablar alto. El partido lo tiene en una lista de espera desde hace cuatro años, para esos aparaticos. Le dieron uno temporal, pero una vez que se le fue la pila, quedó inservible.

—M'hijo, pásame los espejuelos que le voy a mostrar el álbum. Mi abuela también era española, de Sevilla, llegó muy pequeña.

—¡Ya casi no ve! —dijo el cubano en voz baja.

Cuando el viejo se puso los espejuelos, su mirada se ancló en los zapatos bien lustrados de Marcial. Sus ojos, desorbitados de pasión y deseo por un objeto imposible, delataron el amor a primera vista. El canario se sintió tan incómodo que no sabía qué hacer. Metió los pies debajo de la mesa tratando de ocultar los zapatos. El viejo, sin disimular, cambiaba de posición y estiraba la cabeza para no perderlos de vista. Para desviar su atención mostró exagerado interés en el álbum de fotos casuales de antes del cincuenta y nueve.

El joven cubano entró en el baño, donde se demoró tanto que parecía llevar horas. Marcial, ansioso por verlo salir del aseo, esperaba que se abriera la puerta para irse cuanto antes y ponerle fin al molesto acoso provocado por sus zapatos.

—Amigo, recuerda que necesito pasar por el hotel para buscar la cámara —dijo Marcial en voz alta.

—Sí, ¡ya salgo! —gritó el cubano.

Rechinó la puerta y el joven saltó de la silla.

—¡Pero no puede ser!, ¿ya se quiere ir? ¡Si acaba de

llegar! Tengo una linda hija que quiero presentarle. ¡Seguro que no tarda! —dijo el viejo sin poder disimular su desencanto por el repentino deseo de marcharse de Marcial.

—Lo siento, será la próxima vez, yo estaré encantado de poder conocerla, pero tenemos una agenda apretada. Hay tantas cosas por hacer...

—Pero ella lo puede acompañar, estudió hotelería y turismo, habla inglés y francés. Esa hija mía es un tesoro —ponderó el viejo.

Recorrieron a pie las angostas calles de La Habana Vieja, con fachadas coloridas de bellos edificios coloniales recientemente restauradas con fines turísticos. Al cruzar la feria de artesanía, un grupo de mulatos en sus veinte años saludó con efusivo compañerismo al cubano y los invitaron a subir a un Cadillac Eldorado descapotable, rosa pálido, reliquia de 1959 que se imponía al tiempo. Marcial, consciente de que lo económico recaía en él, se ofreció a comprar en la tienda del hotel el ron y los bocadillos. En el auto, aspirante a ser catalogado como una moderna nave espacial en su tiempo, partieron rumbo a la playa. En el camino montaban a los amigos que encontraban. Apretujados unos sobre otros soportaron con tal de ser parte de la escasa diversión de la ciudad. El viento azotaba los rostros. En contagiosa algarabía los amigos compartían el mismo vaso, con las manos sucias partían el queso y los embutidos. El conductor se desvió por un atajo hasta descubrir una bahía desierta. Tirados sobre la arena a orillas del agua, Osmany, un hermoso mulato de ojos verdes, sacó un churro de marihuana, lo encendió, dio un sorbo largo, mantuvo el humo en los pulmones por un rato y lo liberó. Con la conciencia adormecida, lo pasó a la mano de un novato. Riendo dijo:

—Cierra bien la bemba, chico, y chupa pa' dentro.

—¡Ya, ya, no abuses, que somos muchos! —enfatizó uno de los compañeros.

—¡Oye, qué bueno está! ¿Dónde lo tenías escondido? —preguntó uno de los jóvenes mientras le lanzaba arena a otro, jugueteando entre inocentes risas de hierba.

Osmany, reflexivo, con la mirada fija en el infinito, dijo:

—Sabes que a 90 millas se encuentra la Florida. ¡Ahí no más! Mi madre se fue en balsa cuando era un chiquillo. Si no fuera por ella, que me envía lo que puede, no tendría nada. A mis veintinueve años vivo en la sala del apartamento de mi padre, sin privacidad. ¡No hay mujer que aguante eso, chico! Mi hermano mayor consiguió un piso después de años, y por permuta.

El cubano, que estaba bien fumado, añadió:

—¡Si este mar se congelara, no quedaría un alma en la isla! ¡Ya me imagino a los compañeros huyendo, deslizándose sobre el hielo! Hace seis años mi mejor amigo murió dentro del tren de aterrizaje de un avión. Tantos casos de personas que quedaron en los estómagos de los tiburones, otros ahogados o devueltos humillados... ¡Quiquiribú mandinga!

—Mi socio, ¿cómo es la vida allá afuera? ¿Es tan

buena como la pintan? —preguntó Osmany.

—Es un mundo complejo y variado, se ve de todo. ¡No sé cómo se sentirá un pigmeo en su tribu! —respondió Marcial.

—¡Oye, acere, no te burles! —protestó el cubano.

—Se ha visto en los últimos años una gran migración de los países del tercer mundo a países que ofrecen una vida mejor, aunque muchas veces son menospreciados y pobremente remunerados, ejecutan los trabajos que ya nadie quiere hacer. En busca de ese sueño tratan de huir de su terruño, unos lo logran y otros mueren en el intento. He escuchado todo tipo de historias de éxitos y fracasos. ¡La suerte y el destino, o la facilidad de adaptación! Un sinnúmero de naciones no han logrado encontrar un rumbo y siguen repitiendo sus errores una y otra vez. ¡Gracias a Dios tengo una buena vida! Mis padres han sido un ejemplo de trabajo y honradez. Estudié en un colegio público, los veranos me iba de mesero a París, con lo que ganaba en tres meses tenía para divertirme todo el año en la isla. ¡Puedo decir que he tenido una vida sencilla, pero feliz! —refirió Marcial.

—¡Elegir, es una palabra que deberían de borrar del diccionario cubano! —sentenció Osmany.

—Yo creo que la libertad no es negociable, en cualquiera que sea el sistema social en que vivas, aunque fuese implementado de diferentes maneras según los actores políticos y los intereses comunes. Hay compromisos por el bien colectivo, normas y leyes necesarias para la convivencia pacífica, pero siempre en un marco de libertad. En muchos países encuentras leyes absurdas que atentan contra los derechos. Aun en el mejor sistema hay altos y bajos, las crisis son parte de la vida. Al superarlas, sales fortalecido, aprendes, pero vivir en crisis no es vida en ningún lugar, deprime el espíritu humano, que es tan grande y creativo. Cada país es diferente y vive su propia evolución. A unos les toma más tiempo que a otros —dijo Marcial.

—¡La verdad, mi socio, que esto aquí está de pinga! —afirmó Osmany.

—¡Tú estás loco, chico! ¡Si esto es una maravilla! —refutó con sorna otro de los jóvenes.

—Ya sabía que tú eras un infiltrado —dijo el cubano.

—¡No juegues con eso, chico, que vas a asustar a nuestro amigo! Eres un singao —le advirtió Osmany.

—No dicen que tenemos el mejor y más accesible sistema de salud y educación. Ya ves, yo estudié tres carreras que no he podido ejercer y mi jeba ya lleva cuatro abortos —se quejó el cubano con resentimiento.

Esa tarde memorable, de interminables cuentos, de ilusiones perdidas, sobrevivencia básica, de cuestionamientos, de cansancio y realidades tejidas con las fantasías sin parámetros, más que el de su pequeño mundo, su libertad, sus privilegios golpearon a Marcial, se sentía claustrofóbico, de visita en un campo de concentración. Regresó al hotel deprimido, con una lista de peticiones presentes y futuras: pantalones, zapatos tenis, tintes de pelo y hasta un jabón de baño.

El joven, agitado entre las sábanas por un mal sueño, despertó abruptamente por el estridente timbre del teléfono.

—Buenos días, señor Bazán. Le comunico que lo espera en el *lobby* la señorita Niurka Arenas —dijo el conserje.

—Debe de ser un error, yo no conozco a nadie con ese nombre —respondió Marcial todavía aturdido.

El conserje confirmó y efectivamente era a él a quien buscaba. Se vistió rápidamente y bajó. En el amplio salón una hermosa joven, sentada de perfil, observaba pensativa la actividad de la calle. El joven se acercó y preguntó intrigado:

—¿Es usted quien me busca?

—¿El señor Bazán? Mucho gusto, soy Niurka, la hija de Germán Arenas —dijo la joven con entusiasmo mientras le extendía la mano.

—¿La hermana de mi amigo cubano? En verdad, se parecen mucho.

—Eso dicen. Él tuvo un pequeño inconveniente. Le pide disculpas por no poder venir. Si me lo permite, yo seré su guía —dijo ella dulcemente.

Marcial, cautivado por la belleza de la joven, accedió encantado. Decidido a cerrar capítulo y disfrutar de sus vacaciones, continuó fiel al propósito del viaje. La primera atracción que visitaron fue el desfile de modas de la famosa Maison, entretenimiento montado para turistas y celebridades internacionales. Entre los pequeños grupos se deleitaban en una actividad que animaba los días durante los eventos culturales programados anualmente. A diferencia de las clásicas pasarelas de esqueléticas jóvenes anoréxicas, a estas les sobraban carnes. Algunas, con exuberantes cabelleras rubias, eran delatadas por las raíces naturales del pelo.

Por la tarde caminaron por el concurrido Malecón. Niurka mantenía una deliciosa conversación sobre cualquier tema, con opiniones acertadas. Su tópico favorito era el de lugares lejanos que él conocía. Ella, que nunca había viajado, a través de las historias de Marcial intentaba armar un rompecabezas de intrincadas piezas.

Muy temprano, el joven se preparaba con ilusión para salir con su seductora guía, que aparecía puntual en el *lobby* del hotel Habana Libre cada mañana. Atravesaron la transitada Rampa hasta llegar al parque. Marcial, al divisar la emblemática glorieta entre el boscoso jardín, exclamó:

—¡La famosa heladería Coppelia de los 50 sabores!

—No te ilusiones, que ahora quedan solo 5. ¡Y eso si hay! —respondió Niurka.

—Con esas largas filas se me quitaron las ganas.

—Ah... pero los turistas no hacen fila. Son las medidas, aquí el turista es rey. ¡Todo sea por las divisas! ¿Qué aquí no hay clases? Donde mandan los humanos hay diferencias. ¡Sí, señor! Aquí encuentras también todos los males y los deseos reprimidos y doblegados. ¿Ves esas consignas? Están desde antes que yo naciera, como el cielo azul y las nubes blancas. De tanto repetir, aun a los que conocen otra realidad se les llega a olvidar que existe. ¡Que mira p' allá y que ahora mira p'acá! Aquí no hay ciegos, no señor, solo llevan lentes. Cuando no conviene, se hacen de la vista gorda.

—¿Qué te parece si rentamos una moto? ¿No te importa montar atrás? —preguntó Marcial.

—¡Claro que no, me parece magnífica idea! Tengo años de no montar.

Los jóvenes disfrutaban poseídos por la vehemencia de los adolescentes insensatos en la bella ciudad, donde el tiempo parecía haberse detenido desde hacía décadas, con los antiguos y ornamentados caserones señoriales, estilo colonial, en ruinas, habitados por fantasmales figuras que posaban inertes como en una postal desteñida, que se desvanecía lentamente. Marcial conducía la moto con varonil delicadeza. La hermosa y grácil mujer se aferraba a su cuerpo. Su risa generosa, la cercanía, aquella vitalidad de entregarse con plenitud, la sutil nostalgia que se filtraba al bajar la guardia, lo tenían hipnotizado. Con temor de perder la nueva amistad, esa noche se armó de valor para invitarla a su habitación.

El pasillo se hacía largo. Intentando fingir espontaneidad atravesaron la puerta. La mezcla de tensión y libido lo convirtió en un tembloroso novato en asuntos íntimos. Con torpe dulzura siguió sus instintos, pero al poco tiempo se rindió ante la experimentada mujer, que parecía descubrir rápidamente los lugares más sensibles. La oscuridad acrecentaba los otros sentidos donde se anclaban los olores y sabores, el tacto de las tersas y tensas pieles sudadas, de formas suaves y fértiles creaban un presente perfecto e inmaculado con toques de eternidad, hasta que explotó la pasión contenida en el espacio cerrado, impregnando las moléculas que conforman el cuarto. Silencio y paz; las respiraciones todavía aceleradas se escuchaban magnificadas.

Marcial, amnésico a lo fugaz del tiempo, no deseaba separarse ni un instante. Caminaban por las calles, abrazados, ella agarrada al cinturón y él a su cintura. Recostaba su cabeza y se entregaba entera acoplada en movimientos, en palabras y deseos de vivir el momento. En cartelera estaba en estreno *B-Happy* y se animaron a entrar; en media película se fue la luz.

—¡Santa Bárbara bendita, otra vez, hasta cuándo va a acabar esto! —dijo Niurka molesta.

—¿Y qué pasará? ¿Crees que regresará pronto?

—¡Quién sabe cuándo! Lo que hay aquí no son apagones, ¡son alumbrones! Solo en el hotel hay planta.

Salieron del cine Yara. Marcial se sentó en una banca del parque; ella, juguetona, se acomodó sobre su regazo, lo miró a la cara y dijo:

—No te muevas, que tienes una pestaña en el cachete. Adivina en qué lado está y pide un deseo. ¡Qué ojos más lindos tienes, mi cielo, son color miel! Puedo ver en ellos que cuando te vayas me vas a olvidar.

—¿Acaso eres bruja? ¿Te vendrías conmigo a Santa Cruz a empezar una nueva vida?

—¡Como si fuera tan fácil conseguir visa! ¡Ubícate, mi amor, que estás en Cuba!

—Haré lo imposible. ¡Ya verás!

—Promesas que se las lleva el viento, como dicen los poetas. Con el tiempo te cansarás de intentarlo. Tengo que regresar a mi casa esta noche, soy una irresponsable, dejé abandonados a mis viejos.

—Hablando de deseos. ¿Y tú qué sueñas?

—Ay, chico, aquí hasta los sueños están en período especial. Racionados.

—Sin pensar en esta realidad. Todos tenemos sueños.

—¿De qué sirve soñar? Una se cansa de tanta desilusión. En mi casa, cuando empiezan con sus cantaletas de lo que desean, me esfumo. ¡Que mira, Nuky!, así me llama mi familia, ¡hermanita linda consígueme un reloj Rolex! Una vez lo vio en una revista que le dio un turista. Lo tiene pegado a la orilla de su cama. Mi madre, la pobre, se muere por un corte de tela para hacerse un vestido con su máquina vieja de pedal. Y el pobre viejo nunca quiere nada, bueno, mi madre me mencionó que lo había escuchado hablar de unos zapatos negros de cuero legítimo.

Niurka faltó a la cita diaria sin avisar. Marcial, inquieto, fue a buscarla a su casa. Su padre lo recibió entusiasmado. Antes de decir palabra, vio hacia abajo y arrugó la cara al ver que el joven calzaba zapatos tenis.

—Buenos días, don Germán. ¿Está su hija?

—¡Pase adelante, por favor! Salió muy de mañana, no dijo adónde iba. ¡Pero qué bueno que vino, amigo! Hoy no lleva puestos los zapatos negros. ¡Son tan bonitos! Quería preguntarle: ¿dónde los consiguió?

—Son mis favoritos. Los compré en un baratillo de Navidad, están hechos de cuero italiano, clásicos, los uso en ocasiones especiales.

—¿Y son muy costosos?

—Pues no recuerdo cuánto costaron, creo que pagué la mitad, por la rebaja.

—¡Ah, qué bien!

—No lo atraso más, tal vez llegó a buscarme Niurka y no me encontró.

En recepción no había mensajes. Subió al cuarto y se tiró sobre la cama boca arriba; su mirada se pegó al cielo raso en espera de noticias de la que ya consideraba su novia. Aburrido, prendió el televisor.

«En este noticiero de Cuba Visión, a continuación ampliaremos las noticias internacionales». «Desde la masacre en el Instituto Columbine, los padres en Estados Unidos viven preocupados». «El imperialismo no da tregua a los países del tercer mundo». «Temor en las calles por robos y delincuencia en la ciudad de Nueva York».

Marcial cambió de canal en busca de amplia información.

«…Jornadas de vacunación culminan con éxito. Brigadas de jóvenes revolucionarios preocupados por aportar a la comunidad en conjunto con médicos especializados…». «Científicos cubanos en colaboración con Irán descubren un nuevo medicamento que cura el sida…».

Intentando distraerse, Marcial ordenó que le llevaran croquetas y un mojito a la habitación. Se durmió temprano para aplacar la zozobra que da la ausencia del ser amado.

Al día siguiente llegó Niurka, cariñosa, con disculpas y arrumacos. Salieron en moto rumbo a la playa. El nuevo pañuelo de seda estampado de flores azules volaba con el viento. Entre risas y juegos pícaros, se acostaron sobre la blanca arena. Marcial acarició su cuerpo desnudo esparciendo bronceador. Ella, con los ojos cerrados y una sonrisa plácida, disfrutaba. Dentro del bolso sonó un celular. Apresurada leyó el nombre y contestó. Marcial trataba de adivinar quién podría ser por la expresividad de su voz. Ella, compenetrada, conversaba con su característica naturalidad. Al terminar se tendió a su lado y tiernamente recostó la cabeza sobre su pecho.

—Era Maritrini, una amiga. Me he convertido en consejera de amores. ¡Qué lindo día! Vamos a darnos un chapuzón —propuso Niurka.

En los días siguientes, la joven desaparecía a su antojo y regresaba dando excusas, recibía llamadas repentinas y mostraba un comportamiento misterioso. Noche de por medio se quedaba a dormir y llenaba a Marcial de intensas emociones de amor con frenesí. Tres días antes de su viaje de regreso, la empresa turística le envió una invitación de cortesía para la gran fiesta de clausura del Festival de Cine, que tendría lugar en el Morro. Niurka, con un vestido de chifón blanco y un vaporoso chal de tul amarillo, regalo de Marcial, entró de su brazo. La imponente fortaleza, iluminada para impresionar, recibía multitudes de participantes del festival. Una mezcla de turistas, estrellas de cine y directores que, como simples mortales, compartían el momento relajados entre colegas y amigos. El salsero Isaac Delgado dio el toque mágico de alegre nostalgia cantando *La vida es un carnaval*, de la desaparecida Celia Cruz, un ícono del exilio. Nada opacaba el glamur de las estrellas en su papel principal. Los sentimientos flotaban haciendo torbellinos. Entre el ron y la brisa dulce de esa noche, embriagados de celebridad y olvido, bailaron hasta el amanecer.

Al mediodía despertaron abrazados. Embelesado por la sensación de afinidad, Marcial le susurró al oído:

—Te juro que apenas llegue, haré la gestión ante la embajada para enviarte la invitación y llevarte a España.

—Serán eternos los días hasta reunirme contigo, amor. ¡Muero de tristeza! ¡Pronto te irás! —dijo abrazándolo fuertemente.

—Con el recuerdo de lo que hemos vivido y tu foto, contaré las horas. Mi mayor anhelo es tenerte junto a mí.

—¡Ay, chico! ¡Qué lindo eres! No he conocido a nadie como tú. ¿Qué horas tienes? Olvidé que tengo que pedir permiso en el trabajo para estar libre y poder llevarte al aeropuerto. ¿Me disculpas, mi cielo?

—Claro, cariño. Comprendo que lo has abandonado todo por mí.

—¿Y tú qué harás?

—No te preocupes, aprovecharé para comprar unos recuerdos y regalos para mis padres.

El tiempo era otro tirano que los aplastaba. Con el corazón lleno de ansiedad y anticipada nostalgia, ya experto en La Habana aprovechó para salir a comprar el anillo de compromiso. Con parte del dinero que le quedaba escogió una sencilla banda de oro con un pequeño brillante de zirconita.

Durante el trayecto de regreso, con el viento en el rostro blanco de sonrisa ancha, fantaseaba anticipando la expresión de Niurka, los besos y la última noche. Marcial la llamó desde el hotel. Muy amorosa respondió:

—Me he complicado un poco debido a asuntos familiares, te veré hasta la noche.

Entristecido, salió del cuarto, que se le quedaba pequeño por la ansiedad de la espera. Caminó por las calles; unas, transitadas, vacías otras, sin parar. En todos los rincones había bellos recuerdos que se animaban al pasar. Entró a la Bodeguita del Medio y revisó si todavía estaban sus nombres escritos en la pared. En pluma roja leía: «Por la suerte de habernos encontrado. Marcial y Niurka». Otra pareja feliz que se cortejaba en la misma mesa, le sonrió. En su afán de matar el tiempo fue a La Habana Vieja a terminar de hacer sus compras. Recorría la Plaza de Armas cuando al pasar frente a la puerta del restaurante del hotel boutique Santa Isabel, vio a Niurka sentada con un extranjero viejo y gordo en pláticas y arrumacos. El hombre le tomó la mano y la besó quedándose agarrados. La joven, como una gran actriz en su mejor obra, respondía a su cortejo con un tierno brillo de coquetería en los ojos.

Marcial corrió al teléfono público de la esquina, marcó su número de celular con los dedos temblorosos y tratando de disimular dijo:

—Hola, Niurka.

—¡Espera un poco que no escucho bien! —respondió mientras se alejaba de su cliente— ¡Ahora sí, amor! ¡Te echo de menos, mi cielo, ya pronto nos veremos!

El joven enmudeció y colgó el teléfono. Abatido, caminó hacia el Malecón y se sentó en el muro, de frente al mar. Un cubano bien acicalado que pasaba lo observó detenidamente y le preguntó:

—¿Se te ha perdido algo, chico? ¡Esto es una salación! ¿Tienes un tabaco?

—¡Claro que sí! ¿Y todos son siempre tan amigables?

—La crisis, acere. ¿Y tú de dónde eres?

—De las islas Canarias.

—¡Mira, tú, vienes de lejos! Si quieres conocer, dime, que aquí tienes al mejor guía de la isla.

—Gracias, pero deseo estar solo.

—¡Tú te lo pierdes, chico!

El cubano guardó en la bolsa de la camisa el cigarrillo y se fue caminando por la amplia acera.

Marcial regresó tarde al hotel. El afable conserje le entregó un manojo de notas, que sin leer botó en el basurero al llegar a su habitación. Con los sentimientos entumecidos, acomodó desordenadamente sus pertenencias dentro de las valijas y extenuado se acostó en silencio.

Bajo el cielo nublado del amanecer tomó el taxi rumbo al aeropuerto José Martí, con ansias de alejarse de esa pesadilla, de llegar a casa y descansar para olvidar. Atrás quedaba el tiempo detenido, el tedio, sus habitantes de sueños asfixiados, todavía dormidos, sometidos ante el fallido sistema que había borrado el esplendor de viejos tiempos, y los escenarios de magnífica arquitectura, en ruinas, adornados con rótulos en los que se leía: «Patria libre o morir».

En fila, a punto de entrar por la puerta de abordaje, escuchó la voz de Niurka que lo llamaba y corría desesperada haciendo señas con los brazos, hasta que le impidió el paso la cinta divisoria con la zona de acceso restringido. En un último intento gritó:

—¡Marcial, amor mío!

El joven salió de la fila, se quitó los zapatos negros y murmurando al oído, pidió al oficial se los entregara a la persona que esperaba su respuesta. Descalzo, siguió su camino hacia el avión.

En ese aeropuerto de salidas sin regreso, de amargas despedidas, su corazón hacía eco a los muchos que dejaban la isla. Lleno de experiencias frescas y derrotado, se sentó en el asiento 8C, al lado de un meditabundo galán que miraba por la ventana. Marcial reclinó su asiento y pensó:

—«De lejos, la realidad parece blanco y negro; al acercarse explota inevitablemente ante nuestros ojos como luces multicolores dejándonos sin aliento».

El olvido

Aquel día me levanté tarde porque amaneció nublado. Al salir del dormitorio observé el cielo cubierto de nubarrones densos y voluminosos. Una tenue irradiación solar luchaba por filtrarse a través de un pequeño espacio. Su creciente intensidad perfilaba los contornos de las nubes, parecía un destello divino o una revelación que no podía descifrar. Entonces pensé: «Soy feliz y cuánto me ha costado». Sentí que este estado de tranquilidad, de mantener lejos las premoniciones y miles de posibles amenazas omnipresentes, ahora era estable y duradero; y más aún cuando ya hemos sido víctimas de muchas de esas amenazas. Observé a mi derredor y me sentí agradecido por el desarrollo espiritual alcanzado y por todo lo que había construido con tanto esfuerzo, tanto que ya ni recordaba cómo lo había logrado. Había desapego en aquel pensamiento, conciencia de que todo es prestado y que ese afán por poseer nunca se puede saciar. Experimenté un torbellino de sensaciones contradictorias, me sentí grande y eterno, ínfimo y mortal, único y ordinario.

Marilú, mi esposa, pasó apresurada hacia la cocina para chequear que todo estuviera en orden para la cena. Habíamos invitado a una pareja de amigos y con su manía de supervisora del purgatorio quería que todo estuviera perfecto. Para ella es como una obra teatral, hay que crear una atmósfera. Los objetos decorativos y utensilios deben ubicarse en su lugar; la música seleccionada para la ocasión debe tener el volumen adecuado; cada etapa ha de suceder en su justo momento y tal y como ha sido ensayada hasta el cansancio. No hay lugar para la improvisación y aborrece que se note el esfuerzo y la preparación de la utilería. «Es el preámbulo para un momento memorable», me dice justificando su perfeccionismo. Subió al segundo piso a poner orden y a acostar a nuestros hijos, Luis y Marco, mañosos y mimados que pasan horas navegando en internet. Se aprovechan de la debilidad maternal de mi esposa para corregirlos. Aunque dicen que los varones son más apegados a la madre, yo pienso que en estos tiempos de igualdad en que ambos nos involucramos en la educación y permitimos la cercanía emocional y física, existe mayor comunicación. Creo que mis hijos no podrían escoger si se vieran obligados a hacerlo.

Oí el sonido del carro de los invitados y el golpe de las puertas. Escuché las voces y sentí cierta ansiedad. Me divierte la compañía, pero me estresa un poco. Entraron exhibiendo una alegría desbordante. Es curiosa la desmesurada simpatía que en situaciones así brota de la gente.

Emanan una contagiosa energía positiva, muestran su lado encantador, como el escenario de fotografía que tenía preparado Marilú. Venían llenos de regalos y con gran disposición para disfrutar. Nos sentamos cómodamente, pero, pese a la buena disposición de todos, no pude evitar sumirme en otros pensamientos porque la conversación me pareció forzada y aburrida desde el principio. Con los libros me pasa algo parecido: si no me cautivan desde el comienzo, me domina la fantasía y me abstraigo de la realidad. Una descomunal risotada me sacó del trance y regresé a la conversación, que se había vuelto amena. Tal vez había sido injusto, o puede que el relajamiento causado por los *whiskys* y martinis elevara la creatividad, porque las historias eran hilarantes y muy íntimas, cosa rara en estos pequeños infiernos. Solo uno de los presentes me era desconocido, Norberto, el hijo de veintitrés años de la pareja que habíamos invitado, quien acababa de regresar a Nicaragua tras cinco años de residir en el extranjero. Se sentía un poco desubicado y reservado. Su participación era complaciente, afirmaba con la cabeza y sonreía, como tanteando el terreno. Daba la impresión de que comunicarse abiertamente podría resultarle riesgoso. De pronto soltó una carcajada. Siempre me ha encantado ver a la gente reír, pero, sobre todo, reír con ganas. El mayor dilema de mi juventud fue la elección entre estudiar veterinaria o ser un comediante para hacer a la gente olvidarse de sus penas. Eso implicaba dejar el país y en vez de hacer reír causaría muchas lágrimas y sufrimientos. Entonces decidí seguir la carrera de mi padre.

Desde pequeño vivimos rodeados de animales, mi casa era un pequeño zoológico de mascotas extraviadas y enfermas, sarnosas y mutiladas que mi padre recogía en las calles. Me acostumbré al olor, a la ternura y al amor que dan a cambio de una caricia, y me quedé en este país de altos y bajos donde pasa todo y no pasa nada.

En los últimos meses se adueñó de mí la nostalgia por no habernos ido a vivir a un lugar de paz, estabilidad y armonía, en un sistema establecido de respeto y relativa tolerancia. Aunque para los blancos educados es muy fácil fundirse entre las masas del primer mundo, no pasan por la discriminación de los morenos como yo, aunque soy moreno lavado, una expresión que siempre me ha caído en gracia. La empleaba mi madre. Cuando alguien mencionaba mi color, lo corregía: «No, es moreno lavado», o «Es casi blanco», o «Es de un bronceado bello». Mi madre...

Nos sentamos a la mesa y uno a uno vinieron los platos impecablemente servidos. Marilú, la perfecta anfitriona, gozaba con que todo saliera como estaba planificado y que los comensales disfrutaran del banquete. La cena transcurrió entre halagos a mi mujer y expresiones de reconocimiento por las excelencias de la comida. Despedimos a los invitados alrededor de la una de la madrugada y nos fuimos al cuarto con el gusto que deja un buen rato. Estaba tan cansado que no logré seguir la rutina y me tiré sobre la cama; los párpados, pesados, se me cerraban. Lo último que vi fue la silueta de Marilú, que se quitaba el maquillaje frente al espejo.

Cuando abrí los ojos, una serie de imágenes borrosas de personas uniformadas y cubiertas con tapabocas me rodeaban. Estaba amarrado a una cama con el cuerpo entumecido; de fondo se oía el pitido de aparatos electrónicos. ¿Estaré soñando?, pensé. Quería preguntar, pero no podía emitir palabra y regresé nuevamente a la inconsciencia. Pasé varios días sedado. Recuerdo ciertos instantes de lucidez, lo poco que podía ver de mi cuerpo, envuelto en vendas. Sentía dolor y me embargaba el profundo deseo de comprender lo que pasaba. Una mujer en sus cincuenta, de fealdad grotesca, caminó hacia las ventanas, apretó un botón y se abrieron las cortinas automáticamente. Me sorprendió la amplia vista de edificios modernos. ¿Dónde estaba, cómo llegué hasta allí? La noche anterior me había acostado en mi casa de Las Colinas y ahora... Fue ese ser horroroso, llamado Berta, esa aparición que debería estar en exhibición en un circo, la que me informó que había pasado ahí varias semanas, pero ya estaba superado mi estado de gravedad, aunque tendría que esperar al doctor para que me diera más detalles. Se despidió amablemente y con su grueso labio tembloroso sonrió con dulzura. Un gesto que no esperaba.

Me invadió una insoportable ansiedad, no quise dejar volar a la traicionera imaginación porque me llenaba de pánico. El doctor por fin llegó y con pocas palabras y frialdad profesional me informó de las quemaduras de tercer grado en gran parte de mi cuerpo, y de que por mi delicada condición me habían trasladado en un avión ambulancia, acompañado de mi hermana. Añadió que gracias a la oportuna intervención de los bomberos y la policía ya estaba fuera de peligro y que con algunas operaciones y la terapia adecuada podría tener una vida casi normal. Mientras lo escuchaba me parecía que hablaba de otra persona. Después me di cuenta que estaba en *shock*. Pensé con profundo terror en mi esposa y mis pequeños y pregunté por qué no estaban a mi alrededor. Nadie parecía dispuesto a darme ninguna información. Entonces sentí que sería mejor mantener la esperanza viva porque no podría lidiar con mi inmovilidad y las horribles pesadillas que me venían a la mente. El doctor enfatizó que mi hermana Julia pronto regresaría a Miami para hacerse cargo de todo.

Los días siguientes quedé al cuidado de Berta, la enfermera, que se desvivía en atenciones. Por horas, me leía en voz alta libros que tomaba prestados de la biblioteca pública y poemas de Neruda que ella deseaba compartir. Me daba de comer poniéndome con paciencia y mimo el bocado en la boca y, ante mis quejas por la desabrida comida del hospital, metía a escondidas golosinas y manjares que le había comentado que me gustaban. Cuando quedaba a cargo de la enfermera del turno de noche, que era muy agraciada y amable, la extrañaba. Berta realizaba sus obligaciones con esmero y entrega. En ocasiones soltaba una que otra confidencia sobre su pasado y se callaba inhibida, apenada por su repentina necesidad de ser escuchada. Es curioso cómo en una vida son pocas las personas que nos tocan en lo más profundo; hay quienes viven escondidos en rincones dando luz como diminutas luciérnagas. Cuando la conocí me intrigó saber qué motivaba a ese ser tan poco agraciado para mantenerse viva dentro de este mundo. Me confesó que vivía por inercia, la costumbre de levantarse por las mañanas con ese sentimiento de zozobra, de enfrentarse a un mundo disfuncional, de sobrevivencia, de entregarse a las labores de enfermera, pero que nada la apasionaba. Vivía de sentimientos producto de sus fantasías, que ya se habían vuelto verdaderas, era lo único que le quedaba, en un afán de inyectarse de ese opaco brillo y retener su sanidad. Su total entrega a la enfermería la había alejado de sus antiguas realidades, de sus costumbres sociales y de sus seres queridos, que emigraron lejos y quedaron impresos, jóvenes y vivaces, en sus escasos recuerdos. A falta de fotos temía que se volvieran cada vez más borrosos hasta que desaparecieran por completo. Por momentos quedaba callada para respirar un poco. Nadie en quien confiar, siempre cuidando seres ajenos como si ese fuese su único propósito en la vida, sin apego por la rotación que creaba pérdidas y constantes separaciones. Vivía en coma emocional. Solo ahí no podía ser despreciada, era la salvación en los momentos de mayor vulnerabilidad, donde afloran los nobles sentimientos en los prisioneros a sus camas o sentenciados a muerte. Me conmovía su nostalgia al recordar a los pacientes terminales, el miedo en sus ojos, la indefensión y, muchas veces, la soledad por el abandono de los seres queridos. Había brindado consuelo y esperanza como dueña de los últimos momentos de centenares de personas.

La siguiente semana, mi hermana Julia entró a mi habitación, nerviosa. Con una sonrisa triste me miró con cariño y se le llenaron los ojos de lágrimas. Pregunté dónde estaban Marilú y los niños. Se quedó en silencio, esperando que su boca exprimiera la primera palabra. Conocía todas sus expresiones faciales, su delicadeza con la selección de palabras y su inmensa caridad. Su titubeo me lo dijo todo, no quería saber más. Pensé que no podría resistir la confirmación de mis miedos ni escuchar detalles. Cómo podría imaginar que aquella noche sería la última vez que vería a mi mujer y que en ese sueño plácido terminaría mi vida, porque ese día también yo había muerto.

Casi un año duró mi dolorosa y cara rehabilitación. Decidí que no quería regresar a mi país. Por las circunstancias me quedé en Miami. Con un poder, mi hermana me evitó enfrentar el incómodo trámite de los seguros de vida y de incendio. Berta me ofreció compartir su pequeña casa y casarse conmigo, sin ningún compromiso, para que yo pudiera obtener la ciudadanía.

Por las noches Berta regresaba del turno del hospital, vencía al cansancio para llenarme de atenciones, me convirtió en su motivo, su ilusión; yo no podía corresponderle más que con una entrañable amistad y mi eterno agradecimiento. Me enseñó que existen seres maravillosos que viven para dar, y se conforman con lo que muchos llamaríamos poco. A veces siento vergüenza de mí mismo por lo que pensé de ella la primera vez que la vi.

Hay momentos en que los recuerdos se pelean por regresar, se eligen entre ellos, por sí solos, sin dejarte decidir cuáles sí y cuáles no, recuerdos que definen toda una vida, que quedaron marcados como retratos que colgamos en una pared, ahora clavados a una cruz. Pero regresa el olvido que compone gran parte de nuestra existencia. Olvidamos lo bueno y lo malo para dar paso a nuevas realidades, en especial cuando significa la única forma para seguir viviendo. Podrá parecer irónico, pero me consuela el recuerdo del día en que decidí enfrentar lo sucedido y mi hermana me lo contó con detalle. Esa noche, después de despintarse, Marilú subió al cuarto de Luis y Marco para chequear cómo estaban. Seguramente los encontró despiertos y la convencieron de que acompañara sus sueños, porque los bomberos la encontraron acurrucada junto a mis niños, asfixiados por el monóxido de carbono y el cianuro originados por la combustión durante el fuego producido por un cortocircuito.

Pasé mucho tiempo enojado con Dios, autoflagelándome con culpas y tratando de asimilar lo ocurrido. Mi único consuelo es que las cosas pudieron ser peores; la muerte por asfixia es rápida, es una muerte piadosa.

Camino a la Santidad

A mediados de los años sesenta, cuando no existía el prodigio de la internet, las noticias internacionales tardaban en llegar a los televisores en blanco y negro, o a color si estabas dispuesto a pegar sobre la pantalla una película de plástico adhesiva en bandas horizontales multicolor o tornasol. Los periódicos nacionales se recibían con anticipada emoción, unían al país en odios y tragedias o críticas del último evento social. La llegada del cartero provocaba mariposas en el estómago de las muchachas que esperaban cartas manuscritas del amado, de dulce olor a saliva, pega y perfume lejano. La fantasía e ingenuidad ocupaba un espacio que teñía todo de una magia hoy perdida.

En primera plana de periódicos y radios se difundió la noticia de la canonización de Lastenia, un personaje nacido en Las Segovias a mitad del siglo XIX y que durante su larga vida obró maravillas. El Vaticano había encontrado suficientes méritos para que la beata pasara a ser santa. El país entero no hacía más que comentar la buena nueva; muchos se sentían privilegiados por haberla conocido; otros, con afán de protagonismo, inventaban historias y uno que otro milagro.

En el poblado barrio de San Sebastián, donde las casas bajaban de categoría a medida que llegaban al lago y las damas de cuadras arriba no se atrevían a comprar personalmente en la pulpería, y menos aún pasear rumbo al lago a pie, se estremeció la fe que profesaban; todos se sentían llamados a asistir para reverenciar a la única santa que les pertenecía. En una pequeña sociedad caracterizada por su religiosidad, donde cada cual tenía una particular relación espiritual con algún personaje santo de su devoción, si en algo coincidían en ese barrio, era en que en la mayoría de las casas se veneraba la estampa de la beata milagrosa.

Las agencias de viaje, a través de los medios de difusión, ofrecían promociones especiales. Las baratas, mañana y tarde, anunciaban: «Viaje a Roma por una semana, todo incluido por un módico costo, en Viajes Mundoventura con precios de locura». A pesar de los esfuerzos, fueron pocos los que pudieron costear la maravillosa oferta. Una de esas personas fue Gloria Luján, que lo hizo junto con su hermana María Elena, dos pintorescos personajes que estaban en el ocaso de sus vidas y tenían la perfecta excusa para regresar a Italia.

En el aposento amplio y rosado con toques infantiles de muñecas y bordados, las hermanas, con las valijas abiertas sobre la cama, acomodaban con entusiasmo la ropa. Gloria sacó un ridículo vestido de vuelos y lunares lilas, se lo probó por encima y, titubeando por el nostálgico apego, dijo:

—Ya no me queda, se lo voy a regalar a la cocinera.

—Vos que andás guardando todo, y esos zapatos viejos para qué los vas a llevar, dámelos y le hacemos un paquete —dijo María Elena.

—¡Jamás!, con este le di un zapatazo a la famosa Consuelo, aquella querida de mi marido. Le ensarté el tacón en el hombro y quedó bañada en sangre. Además, he recorrido el mundo y bailado tanto con ellos... ¡De lo que me liberé! Quién me iba a decir que había vida después de Manuel Ignacio. Fue mi liberación. ¡Qué ilusas éramos, hermana! Después conocí a Luciano, ¿te acordás de aquellos ojos azules?, ¡claro!, menor que yo, ¡ah!, ¡y cómo me criticaron todas las envidiosas! Pero fui feliz, a pesar de todo —dijo Gloria con su desenfadado estilo.

—La pobre Consuelo terminó cuidando a Manuel Ignacio de una rara enfermedad de esas que le da a uno en diez millones. Quince años de martirio —afirmó María Elena con sinceridad.

—¡Nada de pobre! ¿Quién la manda a robarle el marido a su mejor amiga?

—Sos tan fría, únicamente pensás en vos. Nunca te he entendido.

—¿Y qué querés, que me tire al piso a llorar por las tragedias humanas? Si yo minimizo mis problemas, ¡cuánto sufrimiento he pasado en mi vida! Yo trato de sacar fortaleza de mi interior. Cada quien con sus juicios parciales. ¿Así es que ahora debo pagar y flagelarme por mi dureza? Te aclaro, hermana patética, que esa es una de mis cualidades que no estoy dispuesta a cambiar por nada. ¿Qué más tragedia que aguantarte a vos que sos dramática desde que naciste?

—Mejor cambiemos de tema. Ya estamos viejas. Creo que este será mi último viaje. Me canso por cualquier cosa. Pensé que nunca llegaría este momento —dijo María Elena, resignada.

—¡Te fijás!, Sarah Bernhardt, ¡vos estarás vieja!, ¡yo estoy entera!

Gloria sacó un vestido escotado, se lo probó por encima y dijo coqueta:

—Cuando no pueda caminar me consigo un enfermero galán que me empuje la silla de ruedas. ¿Será cierto que la santa se tomaba sus traguitos y se escapó con el novio muy jovencita?

—¡Te vas a condenar! Hasta a la virtuosa la calumnian —dijo María Elena.

—¿Quién inventó que es pecado divertirse? Una copita te relaja. El doctor me recomendó tomarme una o dos copas de vino por la tarde. Es magnífico para el corazón.

—Solo un milagro de la santa te podría componer.

—Es que el Vaticano se está modernizando, hermana.

Calle arriba, en una casa de alto verde musgo, de balcones ornamentados con exquisitos relieves de guirnaldas de acantos pintados en blanco, vivían Milagros Manzanares y su hija Escarlett, quienes, después de tener una gran

fortuna, a causa de los vicios y malos negocios del hermano mayor recibían una limitada mensualidad. Escarlett, que
era genio y figura de su madre, discutía por todo:

—¡Ay, mamá, si es solo una semana y llevamos cuatro valijas y dos cajas de sombreros!

—¿Metiste mi abrigo de visón?

—Pero no hace frío en Italia. ¡Es verano!

—Apenas están entrando en verano. Para nosotros,
que vivimos en este tremendo calor, hace frío. Además,
hace años que no lo uso y se va a quedar pelón. Aquí no
hay donde refrigerarlo y si lo envío a Miami, tendría que
hacer una escala innecesaria. Si se arruina, me compro otro.

Milagros abrió un enorme clóset repleto de finos
vestidos, muchos de ellos de un uso, que guardaba desde
sus quince años todos apretujados. Sacó su abrigo de piel
hediondo a alcanfor y se lo probó frente al espejo. La fuerte
luz cenital la bañaba sin piedad descubriendo su piel marchita a pesar de la reciente cirugía plástica facial.

—Mamá, siento desilusionarte, ya ese estilo no está
de moda —dijo Escarlett observándola.

Milagros se dio la vuelta con garbo y respondió:

—Una impone la moda, hay que ser diferente, no
otra más del montón. Además, los estilos regresan.

—Te van a ver como loca.

—Bueno, ¡pero me van a ver! Te aseguro que más de
alguna me imitará.

En la casa de los Aldana, ubicada frente a la de los

Manzanares, como de rutina, el matrimonio discutía:

—¡Domingo, te digo que fue la santa la que hizo el milagro! Luisita estaba agonizando, me arrodillé, le pedí con toda mi devoción, le puse una medallita a la orilla y, milagrosamente, en pocas horas estaba repuesta —dijo Rosario.

—Esas fueron las medicinas que le dio el doctor. Es el mejor del país —refutó Domingo.

—Pero ella le ayudó. Además, sentí un olor a rosas. ¡Sé que estuvo ahí, sentí su presencia, te lo aseguro!

—Si eso te complace...

—Tengo que escribir una carta al Vaticano para que le atribuyan otro milagro. Voy a conseguir una cita con el papa para entregarla y darle mi testimonio personalmente.

Rosario abrió su novenario y se instaló muy cómoda en el sofá a rezar.

—Las valijas no se hacen solas. Milagro va a ser el día que dejés de rezar y asumás tus responsabilidades. Te vas a volver célebre, mujer. Ahora todo es un milagro de la santa. A esta nadie le saca sus obsesiones de la cabeza —dijo Domingo con sarcasmo.

En una humilde casa barrio abajo, Lastenia Pérez, convaleciente, estaba postrada en cama. Los medicamentos para aminorar los malestares que le causaba la última dosis de quimioterapia para combatir el cáncer, por el que había perdido una pierna, la mantenían soñolienta. Su hija mayor, Luisa Lastenia, la atendía con devoción, fruto de la abnegación y fortaleza de su madre en tiempos difíciles, cuando su marido, un chofer de ruta, después de su último parto las había abandonado por una mulata de Bluefields. Una vida de penurias y dignidad dedicada a la costura para costear la educación de sus hijos. Lastenia, desde la infancia, guardaba el sueño de ver canonizada a la beata, venerada también por su madre, quien le había inculcado su fervor y convicción de vivir bajo su amparo, eximidas de todos los grandes males.

Sus hijas juntaron sus escasos ahorros, empeñaron un anillo heredado de la abuela y otras baratijas y pidieron prestado al usurero del barrio para comprar el paquete completo en Mundoventura. Luisa Lastenia citó a las hermanas en casa de su madre para darle la sorpresa. Contentas, cuchicheaban entre ellas ilusionadas por ver su reacción.

—Mamita, ¡le tenemos una sorpresa! ¡Adivine qué le vamos a regalar!

—No sé, ¿una silla de ruedas?

—¡Ay, mamá! ¿Se imagina para dónde es este boleto?

—Hoy es día de las adivinanzas. ¿Cómo saben que me encanta adivinar? Para visitar a tu hermano Luis en Costa Rica.

—¡No! ¡El viaje que tanto deseaba!

—¡A Roma! ¡Ay, mis niñas!, ¿cómo hicieron para pagarlo? ¡Si es carísimo! No gasten su dinero que tanto les cuesta. Lo van a necesitar. Esta pobre vieja nada más que deudas les va a heredar. Lo poco que tenía ahorrado se esfumó con esta enfermedad —dijo aguantando el llanto.

—¡Ya le vamos a hacer las valijas!

—¿Pero yo sola, enferma y en silla de ruedas? ¡Están locas!

—Hablamos con la agencia y alguien la ayudará. Además, van varias personas del barrio.

Esa tarde de calor asfixiante, la pareja Aldana salió a visitar a su vecina. Rosario, con su enorme cartera de cuero café y su abanico español en la mano, entró por el zaguán y se encontró a Milagros butaqueando. Sofocada dijo:

—Ajá, mujer, ¿cómo van los preparativos?

—Todavía estoy entera —respondió Milagros.

—¡Qué cansado hacer maletas! Me duele la rabadilla por doblar las camisas de Domingo. Al fin estamos listos para el viaje. ¡No aguanto el bochorno de Managua, es un infierno! —dijo Rosario mientras se echaba aire.

—Me da nostalgia regresar a Europa, revivir mi juventud. ¡Cuánta falta me hace mi padre! Era generoso...

—Fuiste su niña linda, se veía en vos. Era tan ameno y elegante. ¡Cómo pasa el tiempo, amiga! Vos estás igualita —dijo Rosario suspirando.

—Y viste que también va la costurera, habrase visto cosa igual. ¡Lo que tendremos que aguantar! Andan buscando quien le empuje la silla de ruedas —dijo Milagros.

Domingo, como fiel y prudente acompañante, entretenido con su *highball*, observaba en silencio.

—Estas mujeres solo hablan disparates —pensó.

—¡Más rápido, Carlos, que vamos tarde! ¡Es el colmo, Gloria!, tenemos una semana para estar listas y a última hora se te ocurrió colgarte del teléfono. ¡No llegamos! ¡Es tardísimo!

—Tenía que despedirme de Julio.

—Ese aprovechado... A ver, ¿qué te pidió? ¿Un reloj? ¡Seguro que no fue nada barato!

—A mí me da gusto tenerlo contento. Como dicen, «el dinero embellece». Yo le agregaría que también rejuvenece. Él tiene la juventud y yo, el dinero. Ya lo dice la canción: «El amor es una cosa esplendorosa».

En el aeropuerto, el gestor de la agencia reunió a los viajeros para tramitar con la línea aérea sus pasaportes y los hizo pasar a la sala de espera. Se agruparon por afinidad social y afectiva. Milagros Manzanares, que cargaba sobre su antebrazo el abrigo de visón, y su hija Escarlett pasaron de frente, ignorando a doña Lastenia Pérez, que no daba crédito a su inmensa suerte. Se sentaron lo más lejos posible.

—Recuerdo mis días en primera; no puedo creer que voy a tener que viajar junto a esa gentuza —dijo Milagros Manzanares con desprecio.

Por el altoparlante se escuchó el último llamado. Gloria y su hermana entraron corriendo y se abrieron paso. El gestor que las esperaba a la entrada, malencarado, las hizo pasar de inmediato. Para su suerte las acomodaron en primera clase debido a la sobreventa de boletos en clase ejecutiva. Con sonrisa de triunfo y postura altiva, colocaron sus valijas de mano en el compartimiento mientras sentían clavados sobre ellas los ojos de los que viajaban en clase turista.

—¡Quejate ahora! —dijo Gloria.

—¡Ja, menos mal! No te pensaba dirigir la palabra en todo el vuelo. Este viaje es cansadísimo. Estás perdonada.

Milagros Manzanares, ubicada en el asiento central de la quinta fila, al ver a sus vecinas disfrutando de la comodidad y privilegios, entró en cólera y comentó en voz alta, de manera indiscreta frente a sus compañeros de asiento:

—¿Y de dónde habrán sacado para pagar un boleto en primera? Si cuesta el doble. ¡A saber en qué negocio turbio están metidas! Ese muchacho que las visita no parece buena ficha. ¡Qué puede hacer un joven en la casa de dos viejas si no es conspirar!

—¡Así es, mamá, es rarísimo! La Olga, que es una chismosa, dice que arman orgías, porque sale de noche y a veces se queda a dormir.

—¡Qué humillación! Si me viera mi padre sentada en clase turista con un abrigo de visón, se volvería a morir.

Milagros nació en cuna de oro hacía siete décadas, en una familia católica apostólica y romana. Su padre, el banquero, empresario y agrónomo Emilio Manzanares, quien la adoraba, tenía grandes expectativas, nadie estaba a la altura de su delicada y exquisita hija de ojos verdes. Trajo una institutriz inglesa para que se encargara de su educación. Sus estudios superiores transcurrieron entre Suiza y París en La École du Sacré-Coeur, una de las mejores escuelas religiosas para señoritas. A su regreso de Europa, las químicas fisiológicas de búsqueda de apareamiento y sus aspiraciones espirituales e intelectuales, muy raras en las mujeres de esa época, y una bomba de tiempo en una sociedad cerrada e inculta, la empujaron a los brazos de un pintor que la colmó de romance, hasta que su padre, por sus contactos, logró conseguirle una beca para colocarlo en el dilema de escoger entre su sueño de estudiar bellas artes en Europa o el amor de Milagros. El joven decidió marcharse y le rompió el corazón. Una vez envuelto en la bohemia y el desenfreno de esos días en París, dejó de escribirle. El padre aprovechó para casarla con un joven empresario, heredero de una gran fortuna, con quien procreó dos varones y una mujer, envuelta en infidelidades, apariencias y amargura.

—Perdone, azafata, ¿sería tan amable de servirme una copa de champaña? —pidió Milagros.

—Lo siento mucho, señora, solamente la ofrecemos en primera. Pero, por un cargo adicional, con mucho gusto.

—¡Tráigame una copa! —ordenó con su típica dureza.

—Tenés que relajarte mamá, estás muy tensa. Siempre encontrás un motivo para estar enojada.

Lastenia Pérez, primeriza en volar, sostenía en la mano sudada su viejo novenario; se secó una lágrima con el pañuelo, llena de regocijo por la culminación al cumplimiento de su devoción de tradición familiar. Meditaba en silencio:

—¡Qué regalo tan maravilloso! Dios me dio vida

para ver canonizada a su escogida amiga y fiel servidora que ganó la eternidad a su orilla. Felices estarían mi madre y mi abuela, que fue enfermera de mi santa en su agonía; seguro que se regocijan desde el cielo. ¡Santa mía, que por tu bondad y sacrificio estás cerca del Señor, te pido protejas a mis hijos, jóvenes aún, de las tentaciones y males que los acechan. Bendice a todas las personas en este vuelo, ayúdalas a encontrar la paz, amén!

La beata Lastenia era hija de españoles que emigraron de Navarra, durante la guerra civil en 1839. Cautivados por las montañas de pinares, las rojizas tierras arcillosas y la frescura, se ubicaron en Las Segovias. Su padre invirtió su capital y trabajó sin tregua; llegó a ser muy exitoso. Le heredó vastas extensiones de tierra que utilizó para beneficio de la zona, repartiéndolas para cultivo, viviendas, escuelas, un hospital y varias pequeñas iglesias. Con el decreto de beatificación, su veneración estaba limitada al país. En 1917 fue suprimida la regla del derecho canónico que exigía un mínimo de cincuenta años después de la muerte del candidato antes de que sus virtudes o martirio pudieran discutirse formalmente en el Vaticano. El largo y riguroso proceso de canonización que involucró una gran variedad de destrezas, procedimientos y participantes, comenzó en 1932. El obispo Ladislao Gómez, que conocía sus virtudes, organizó una campaña de apoyo; conformaron una hermandad para investigar a fondo los favores divinos, los que publicaron en una biografía piadosa, donde se demostraba la razón de esta veneración y su heroísmo, las prácticas de austeridad y entrega al servicio de los demás, su existencia extraordinaria y penitencial. Después de revisar la información, el obispo probó que Lastenia había muerto después de toda una vida de virtud heroica y tenía los méritos suficientes. Durante el proceso ordinario, suministraron a la congregación las evidencias para iniciar el proceso formal.

El obispo convocó un tribunal en la iglesia de Santa Rita. El juez citó a los testigos para declarar. Desfilaron personas de todos los estratos sociales y dieron fe de que habían sido sanadas, entre ellas una conocida señora de buena moral llamada Claribel Moncada, y el doctor Genaro Martínez, médico del pueblo. Un campesino afirmó haberla visto, mientras rozaban el pasto, flotando sobre una loma. Les advirtió que la sangre correría por los ríos revuelta con el lodo y teñiría de rojo las verdes montañas, que la paz llegaría después de mucho sufrimiento, debido a la soberbia y ambiciones desmedidas. Solamente doña Yolanda Urbina dijo haberse sentido humillada, por la severidad y la actitud de intolerancia que había demostrado al no ayudarla con el orfanato que ella supervisaba. Esto no hizo mella, según el criterio de los presentes, debido a la mala reputación de la testigo. Los testimonios quedaron plasmados en el acta notarial y sellados para ser conservados en el archivo de la diócesis. Las copias fueron enviadas al Vaticano, donde fue nombrada «la Sierva de Dios». También recibió de Roma el *nihil obstat*, la declaración de que no hay «nada reprochable» acerca de ella en las actas del Vaticano. En la fase romana, Luciano Messineo, jurista canónico, autorizado para ocuparse de la causa de los santos, sometió las pruebas para iniciarla y justificar el riguroso escrutinio de las virtudes o del martirio de la Sierva de Dios.

Se ordenó la exhumación para examinar el cadáver. Un forense y el obispo Ladislao Gómez, quienes, por mandato debían realizar la pericial tarea, se sorprendieron al encontrar incorrupta la cabeza y las manos, lo que facilitó el debido reconocimiento. La noticia se propagó, despertando el interés hasta de los más incrédulos.

Un nuevo tribunal integrado por jueces de la Santa Sede interrogó a los testigos, que fielmente concordaron con sus primeras aseveraciones. Doña Claribel Moncada, de noventa años, declaró que le habían diagnosticado cáncer linfático. Desesperada visitó la tumba de Lastenia, quien en vida fue su consejera espiritual. Durante una semana rezó con fe pidiéndole su sanación. En un sueño, Lastenia tocaba su frente y mientras se acrecentaba una intensa luz, le pedía que dedicara sus servicios a la comunidad que tanto los necesitaba y que fuera al médico nuevamente. A la mañana siguiente se levantó descansada y con buen estado de ánimo, se sometió a las pruebas y el mal había desaparecido. El notable doctor Martínez, que también vivía, atestiguó y entregó ambos exámenes para su revisión por especialistas. Siete personas confirmaron haber sido sanadas y advertidas en un sueño, después de rezarle repetidas veces. Las evidencias que los milagros se obraron por intercesión de la Sierva Lastenia eran contundentes. Siguiendo los procedimientos, el veredicto se aceptó y el decreto de introducción fue firmado por el papa.

Toda la documentación fue revisada por los asesores teológicos, quienes entregaron su dictamen favorable a los cardenales. Con la firma del sumo pontífice se certificó el milagro. Con más milagros de los requeridos, se promulgó un auto apostólico, en el cual el papa declaró que la Sierva de Dios debía ser venerada como una de las beatas de la Iglesia. La Santa Sede autorizó una oración y una misa en su honor. El mismo papa la veneró en la basílica.

La madrugada era caliente y seca. De común acuerdo se alistaron desde las cinco para tomar lugar preferencial entre los miles de sillas dispuestas sin previa asignación para el público asistente al acto. Milagros Manzanares trató de convencer a su hija para que la acompañara, pero esta, envuelta en las sábanas, le rogaba la dejara dormir:

—Ay, mamá, andá y me contás qué tal estuvo, yo me muero del sueño. ¡Esto es un suplicio!

Rosario Aldana sacó la carta y su pasaporte de la caja fuerte y los guardó en un compartimiento secreto de su cartera. De rodillas improvisó una oración en la que imploraba lograr su objetivo, se persignó y salió aferrada al pesado bulto.

Partieron en el enorme autobús que parecía no caber por las angostas calles. Soñolientas, observaban la vacía ciudad, de imponentes monumentos renacentistas y neoclásicos. Las hermanas Luján, desveladas por trasnochar en los centros nocturnos de moda, cabeceaban y daban algún que otro ronquido. Milagros Manzanares, acompañada de su abrigo de mink, se resignó a dejar a Escarlett dormida en el hotel. Rosario consultó a la guía sobre el procedimiento para entregar la carta personalmente. Ella le respondió:

—La puede poner en el buzón del Vaticano. Si usted desea, al llegar yo le indico dónde está ubicado.

—No, yo la voy a entregar personalmente. Siempre logro lo que me propongo. ¡Ya va a ver! ¡Con la ayuda de mi santa!

—¡Ay, mujer, ese afán tuyo de protagonismo...! Disfrutá y olvidate, mejor mandala por correo —le sugirió su marido.

Lastenia Pérez, envuelta en una discreta chalina blanca, disfrutaba cada segundo. Sus ojos retrataban la ajena realidad que pasaba fugaz frente a ella. Pensaba:

—Bendito Dios, ¡es increíble!, nunca imaginé que vería el famoso Coliseo, una de las maravillas del mundo.

—Es un edificio viejo y ruinoso. Aquí a todo le sacan provecho, viven de las glorias pasadas. Si hiciéramos eso con las cosas que tenemos allá... Lo que logra la identidad —comentó Milagros Manzanares.

—¡Qué horror, ese edificio tan lindo y tiene las columnas todas agujereadas! —señaló Rosario Aldana.

—¿Podés creer que le hicieron esos hoyos para robarle el metal que tenían dentro? —respondió Domingo Aldana.

—¿Y vos desde cuándo sabés tanto? Yo que pensaba que solo allá se robaban todo —repuso Rosario Aldana.

Bajaron del bus en la vía della Conciliazione, satisfechos de ser los primeros, y se ordenaron en fila. Milagros Manzanares y su grupo estaban molestos por haber quedado en la cola detrás de la costurera Lastenia Pérez. Los madrugadores que se sumaban a la fila la observaban de pies a cabeza. Ella, fascinada, se pavoneaba airosa modelando su abrigo. La guía del *tour*, forzada a retirarse por un contratiempo de último momento, le pidió con insistencia a la señora Manzanares el favor de llevar hasta su ubicación a doña Lastenia Pérez. Por la repentina solicitud, se sintió comprometida y no se pudo rehusar.

Los guardias abrieron el gran portón de bronce que da acceso a la plaza de San Pedro. El público, olvidando sus puestos, corrió desordenadamente en estampida tomando la delantera para asegurarse los primeros asientos. Milagros Manzanares, que no estaba dispuesta a perder su lugar preferencial, pidió que la siguiera; Lastenia Pérez, con sus débiles brazos, aceleró la velocidad entre la multitud, hacía todo tipo de maniobras para alcanzarla y en un instante perdió de vista a su apurada compañera. Desorientada entre el mar de gente, intentó ubicar a alguno de sus compañeros de viaje. El guardia de seguridad se acercó para ayudarla. La pobre, desconcertada y nerviosa, no encontraba forma de comunicarse con el afligido italiano, que con mucha cortesía le pedía que se calmara. Su angustia le causó hiperventilación. Los fieles estaban tan concentrados en la entrada del Santo Padre, que ignoraron lo que sucedía. El guardia, para evitar el escándalo y preocupado por la mujer que tenía dificultad para respirar y hacía toda clase de ademanes desesperados, empujando la silla de ruedas sobre el empedrado, la llevó de inmediato a la enfermería.

La inmensa plaza de San Pedro estaba repleta de ansiosos espectadores embelesados por la presencia del pontífice y observaban cada movimiento como si se tratase de un acto de magia. Los ciento cuarenta santos antecesores, esculpidos en mármol y colocados sobre la balaustrada sostenida por las columnatas diseñadas por el maestro Bernini, parecían custodiar a la multitud. Suspendido detrás del altar, un imponente gobelino rodeado de guirnaldas de flores que enmarcaban la imagen pintada al óleo de la santa con el rostro arrobado por el éxtasis divino; en la parte superior, en brocado, el escudo del Vaticano entretejido en altorrelieve con hilos de oro y plata, servía como escenografía y, a un lado sobre un delicado mantel bordado en seda, un relicario de filigrana de oro guardaba el dedo meñique de Lastenia, que se coronaba en corto tiempo entre los centenares de beatos que, posiblemente, nunca llegarían a ser declarados santos por falta de milagros, muchos de ellos en espera por siglos.

El papa inició la solemne ceremonia. Por los altoparlantes se escuchaba en todos los rincones la declaración de que, por plena autoridad del pontificado, Lastenia era una santa. Exaltó su vida de entrega a su comunidad y a Dios, a pesar de haber crecido con todas las comodidades, se dedicó a ayudar a los desvalidos entregando sus bienes y su vida. «Una persona que logró cambiar el destino de tantas otras, sus acciones reflejaban la presencia del Señor y como Jesucristo, sufrió para hacer el bien sin que nadie se lo pidiera. Desde muy joven mostró su entereza y es ahora fuente de inspiración y devoción. Nuestra santa ha concedido milagros por la intercesión del Señor, ahora es su amiga y está a su lado para interceder por todos los que pidan con fe. Sus grandes méritos son un ejemplo para la Iglesia y sus seguidores. Ahora debe ser venerada como santa por toda la Iglesia universal».

Durante la celebración, un fotógrafo tomaba instantáneas de los asistentes. Entre ellos retrató a Milagros Manzanares, que cada vez que lo veía venir se secaba el sudor y hacía poses de diva. Ahora estaba realizada porque tendría pruebas para alardear del privilegio de presenciar ese momento histórico. Terminada la ceremonia, recordó que estaba a cargo de Lastenia Pérez. A la ligera, buscó alrededor y siguió su camino hacia el bus.

Rosario Aldana, determinada en buscar al papa traspasó el cordón divisorio de seguridad. Un guardia se acercó de inmediato indicándole la salida.

—Debo entregarle esta carta personalmente al papa. ¿Habla usted español?

—Sí, signora —respondió el hombre con un fuerte acento.

—¡Gracias a Dios! ¡Esa es buena señal! Amable señor, he venido desde el otro lado del océano especialmente para ver al papa y entregarle esta carta.

—La comprendo, signora, pero el Santo Padre no está concediendo audiencias, si me lo permite, yo le entregaré la carta al cardinale Augusto y él hará entrega speciale.

—¡Yo no me voy sin hablar con el papa! —dijo con determinación.

—Lo siento mucho, ma e impossibile.

—Si no se la entrego yo personalmente, ¡la rompo! —dijo indignada.

—No es necesario, signora, per favore. Le aseguro que le llegará a Su Santidad.

—Sepa que yo soy pariente de la santa y esto es una afrenta. Cuando se dé cuenta el papa le llamará la atención —replicó Rosario con un reto en la voz.

Tomó la carta y la rompió frente al hombre, atónito por su insolencia. Gloria Luján, que observaba el espectáculo, se acercó y le dijo:

—Te va a dar un derrame, mujer, tranquilizate.

—¡No puedo creer que este señor no entienda la importancia de este asunto!

—Vámonos, que no vas a lograr nada.

Le puso la mano en la espalda y la invitó a regresar.

En el camino, Gloria le dijo pizpireta:

—Viste qué ojos más lindos los del guardia. ¡Qué altura!, era un ángel bajado del cielo! ¡Cómo no nací en Italia!

De pronto Gloria pegó un grito y dijo:

—¡Jodido!, se me trabó el tacón en la ranura de una maldita piedra.

—¡Es que vos sos loca! ¿Cómo se te ocurre ponerte esos zapatos para caminar en este pedregal?

Gloria haló con fuerza el zapato y se quedó sin tacón. Cojeando, regresó al bus contrariada.

La guía consultó con el resto de viajeros preocupada por la ausencia de Lastenia Pérez. Ante la negativa a esperar de aquellos, pospuso la salida del autobús. Confundida por la apatía de sus apurados compañeros de viaje, escuchó las disparatadas especulaciones que hacían con tal de salir de inmediato hacia el hotel. Milagros Manzanares, intransigentemente, presionó con la excusa de que no tendrían tiempo suficiente para empacar las valijas para el vuelo mañanero del día siguiente.

—Seguro que se aburrió y se fue por otro medio, porque no creo que se la haya tragado la tierra —comentó Milagros con sarcasmo.

Lastenia Pérez, entre el sueño y el delirio, despertó desorientada por la sedación acostada sobre una cómoda camilla. Por sus ojos nublados por falta de anteojos, luces y sombras definían una silueta envuelta en un halo de luz causado por el contraluz de los rayos que penetraban a través de un vitral que representaba al Espíritu Santo. Sintió una mano tibia sobre la suya, que le transmitió una estremecedora sensación de paz. Escuchó una dulce voz que le susurraba: «Hija mía, que Dios te bendiga». Tomó los anteojos que llevaba colgados de una cadena y se los colocó. Sus ojos se llenaron de lágrimas de emoción al ver que, frente a ella, estaba la venerable figura del Santo Padre, que la observaba con ternura. Sus bellos ojos azules calmaban toda angustia. En perfecto español conversó con ella por largo rato. Llena de regocijo, con su cándida sencillez, le contó los cuidados de su abuela durante la agonía de la santa, de sus maravillosas hijas. También, llena de resignación, le habló de su enfermedad. Nerviosa, repetía constantemente lo mucho que agradecía estar es su presencia.

El papa la acompañó en un recorrido por la basílica de San Pedro y le mostró los magníficos frescos renacentistas pintados por Miguel Ángel en las paredes y bóveda de la Capilla Sixtina. La señora, maravillada, escuchaba interesantes anécdotas del Sumo Pontífice, quien, por propia iniciativa, mandó traer los objetos litúrgicos para darle la comunión eucarística. Lastenia, antes de marcharse le hizo una única petición: que rezara por Nicaragua.

Una comitiva la llevó de regreso al hotel. Le entregaron de parte del Santo Padre un pequeño cofre de oro y plata incrustado de coloridas gemas preciosas, lleno con estampas y reliquias de veneración de santa Lastenia y una nota manuscrita en la que le agradecía el inolvidable momento que habían compartido y le reiteraba el privilegio de haberla conocido. El conserje, jactancioso, se encargó de comentar con todos los huéspedes del hotel cada detalle sobre la llegada de la ilustre señora.

Amodorrados, los viajeros bajaron de sus habitaciones arrastrando su equipaje y se formaron en fila para entrar al autobús. Lastenia, que estaba dentro desde temprano, rezaba el rosario absorta. Sobre su regazo reposaba el bello cofre. Los Aldana fueron los últimos en subir. Domingo, muy caballeroso, se acercó para saludarla y expresarle su júbilo por lo sucedido. Ella, con humilde delicadeza, abrió la tapa y le pidió que repartiera entre los compañeros de viaje los objetos de veneración. Al bajar del autobús en el aeropuerto, todas las señoras se congraciaron con la modesta costurera. Milagros Manzanares se ofreció para empujar la silla hasta el avión que las llevaría de regreso.

La loca de la casa
en tiempos modernos

En este siglo XXI, de extraordinarios avances tecnológicos, ya nada nos asombra. Pareciera que todo lo que pensamos y soñamos tarde o temprano se hará realidad o yace oculto en alguna frecuencia que espera ser sintonizada por los visionarios y científicos, que en sinfonía aportarán su revelación para hacer una gran obra colectiva. Una de las investigaciones que se lleva a cabo en la actualidad centra el estudio en cómo penetrar en la mente. Hay expertos que aseguran que en pocos años podremos leer y materializar los pensamientos con tecnología telepática.

En nuestra realidad presente, cada quien vive aislado en su mundo de fantasías, acertijos y suposiciones, escuchando e imaginándose los acontecimientos basados en sus limitadas experiencias y criterios, lo que retarda el aprendizaje hasta que se dan los elementos y condiciones adecuados. Somos producto de la cultura, la educación, el medioambiente y la genética, elementos que se conjugan y condicionan, en tiempo y forma, los pensamientos y las reacciones de cada individuo. Cuando se gana algo, con frecuencia hay otras cosas que se ceden o se pierden sin darnos cuenta de que eso ocurre. Es una elección sin opciones; crecemos con la falsa percepción de que todo fue siempre así, pero desconocemos las fases iniciales que quedaron atrás. Experimentamos las consecuencias de las buenas o malas elecciones.

Haciendo un análisis basado en observaciones sobre el diario vivir en que cada cual habla a destiempo, interrumpe e impone su agenda neurótica a pesar de los oídos sordos y hastiados de los temas recurrentes, no se logra una verdadera comunicación o, lo que es peor, se disfraza la realidad interior por eventos superfluos y prácticas erróneas de caridad y comprensión. Hasta que se logre descubrir el lector de mente, en nuestra cotidianidad sabremos poco los unos de los otros, aunque hay personas que ya casi adivinan lo que uno quiere decir: son aquellas que interrumpen para terminar las frases. Muchos tendrán que hacerse el haraquiri, pues serán un libro abierto para el enemigo. Los juicios se basarán en los pensamientos que delatarán a los infractores de la ley. Otros, serán los miedos. La mente humana será nuestra salvación... o nuestra perdición. Nada podrá esconderse.

Como decía santa Teresa de Jesús: «La imaginación es la loca de la casa», se impone y juega a su antojo con su dueño hasta someterlo a los más grandes y delirantes disparates, y no es por disculpar a Sara Montalbán, el personaje que nos permite vivir un día en su mente con el siguiente diario sin censura. Mientras llegan los avances, tendremos que recurrir a las transcripciones electrónicas de las mini-grabadoras que se activan con la voz, a los manuscritos y, más importante aún, a la voluntad de querer compartir nuestra intimidad. He decidido cambiar los nombres para protegerla del juicio público. En este país en que se sabe todo y nada no sería justo que su generosidad y aporte sociológico la conviertan en víctima de las miradas de reproche.

7:30 *a. m.*

Aproveché la ausencia de mis padres para salir a broncearme a la orilla de la piscina vestida con mi biquini favorito verde eléctrico, motivo de discordia entre mis hermanos machistas. Me recosté en una cómoda silla reclinable traída especialmente desde Miami. Intentaba relajarme, pero tanta tranquilidad me tenía aturdida, entrando en un estado de constantes pensamientos. Encendí mi iPod y lo puse en aleatorio de canciones. La canción *Desafinado*, de Jobin, me inspiró melodramáticas escenas románticas, como las viejas películas en blanco y negro de Greta Garbo..., solo que la cara del hombre que besaba con pasión era la del marido de mi hermana. Por más que trataba de cambiarlo por mi novio no lo lograba, su imagen se imponía. Puso las manos sobre mis senos y despertó mi complejo por tener las chichas pequeñas. Estoy segura que si las hubiera tenido grandes, Martín, mi ex, no se hubiera ido con la zorra de la Julia. Pero es culpa mía, soy una cobarde. A la Amelia le quedaron bellas y le salieron baratísimas. Cuando

BAJO EL CIELO TROPICAL

me las enseñó no lo podía creer, ni seña le quedó, perfectamente simétricas, un poco duras, como a una jovencita. ¡Qué alivio no tener que usar brasier! Le quedan paradas. El tamaño que escogió fue perfecto, no como esas mujeres que se ponen unos pechos tan enormes que resultan obscenos. No me gustaría poner tanta distancia entre mi amado y yo. Con estas minucias no me dan ganas ni de ponerme biquini. Nunca nadie me ha dicho nada, pero me imagino lo que están pensando. La pena que me asaltaba cuando me quitaba los clínex que me metía bajo el sujetador y quedaba plana... Antes se le hacían ajustes al vestido con rellenos y esponjas; ahora es directamente al cuerpo. ¡Una costurita por aquí, un rellenito por allá...! Cuando me decida los voy a lucir en Miami en una playa nudista. Además, necesito vacaciones. En estos pensamientos estaba cuando sonó el celular. Titubeé en contestarlo porque era un número desconocido, pero me entró curiosidad por saber quién era.

—¡Aló! ¿Con quién hablo?

—Sara, amor, soy yo, Rosy. ¿Te molesto?

—¡No, niña, claro que no! ¿Ese número es nuevo?

—Sí, me robaron el otro celular. Te quería contar que me voy a Suiza, me dieron un ascenso en el banco y he organizado una pequeña fiesta para los amigos más cercanos el viernes por la noche. ¿Vas a venir?

—¡Claro que sí! Gracias por invitarme.

—Acabo de regresar de allí. ¡Si vieras el apartamento que escogí, te encantaría! Tiene una vista divina. Pero no te atraso, después te cuento con calma.

Colgué el teléfono y lo apagué para poder relajarme, pero volví a encenderlo por si me llama Santiago. ¡Qué hipócrita que es Rosy! ¡Amigos íntimos...! Es una interesada, quiere dejar su base para cuando necesite favores. Si cuando trabajamos juntas me serruchó el piso como pudo, ¡es una inescrupulosa! Vamos a ver con qué sale ahora. Cambia de novio como de vestido, hasta al marido de mi hermana se le metió, lo que ya es el colmo de la desvergüenza. Bueno, la verdad es que el hombre es guapísimo, aunque eso no la disculpa.

¿Será verdad que el celular da cáncer? ¡Qué horror! ¡Cáncer! Es triste terminar en un hospital llena de tubos y de operaciones dolorosas después de vivir esta complicada realidad. ¡Pero, por suerte, hay morfina! A mi amiga Julia le recetaron marihuana. Andaba con su prescripción por todas partes, era la envidia del grupo. Tuvo que estar al borde de la muerte para poder fumarse un churro tranquila. Encendí un cigarrillo y le di un sorbo. Ahora no se sabe de qué cosas los hacen. Se terminan en tres sorbos. ¡Es tan rico fumar sin sentirse culpable! Todos se han vuelto mi conciencia. Me advierten: «Te va a hacer daño, da cáncer, deja el pelo hediondo y el aliento ni se diga. ¿Y qué dice tu novio?». ¡Como si mi novio fuera mi dueño! No sé si estoy enamorada de Santiago, es buena persona y me quiere, pero no es lo que busco, es muy anticuado. ¡Y un machista! A veces me gusta que me trate como si fuese de su propiedad, pero en la cama es muy egoísta. No quiero vivir la vida que él elija para mí, sujeta a sus metas y a sus decisiones. Todo gira alrededor de él, pero no me gusta estar sola. Bueno, nadie es perfecto. ¡Qué tequio comenzar otra relación! Por lo menos a él ya le conozco las mañas. Además, con los candidatos que andan por ahí... Martín era otra cosa, era considerado, caballeroso y tierno, pero, como se dice por ahí, más jala un par de tetas que una carreta. A Santiago le encantan los niños. Viene de una familia numerosa. Pero yo no quiero salir embarazada tan pronto. Quedarme como una vaca parida y llena de estrías me traumatiza. ¡Qué mala suerte la de las mujeres! Nos quedamos flácidas y con las chichas caídas y ellos, después, se buscan otra, jovencita y hay que excusarlos porque son hombres mientras una se queda ensartada aguantando y cuidando chavalos. Eso de que los estudios revelan que en el amor son cuatro años de ceguera me parece muy poco. ¡No es justo!, no hay tiempo para disfrutar de ese bello sentimiento. Es solo el tiempo suficiente para adquirir compromisos y quedarse con uno o dos hijos y miles de deudas. ¡Debería ser diez años para las mujeres y mínimo, veinte para los hombres! La naturaleza no es justa. ¿Seré la excepción? Yo le he visto todos los defectos a mis novios desde el principio.

Dorita, la empleada, me llevó con entusiasmo una cajita muy bien envuelta:

—Aquí le mandaron este regalo de parte de doña Mayra, la vecina.

—Gracias. ¿Qué será?

Lo abrí y la Dorita, fascinada, me dijo:

—¡Ay, qué bonito, un pajarito de porcelana!

—¿Te gusta? Te lo regalo —le dije, y se fue feliz.

—¡Qué horror, qué mal gusto! ¿Y adónde hubiera puesto yo eso? Pero ya me comprometió y voy a tener que ir a comprarle algo. Se me olvidaba que hoy hay descuento en los almacenes Chick Lady. No tengo zapatos para el vestido que compré la semana pasada. ¡Qué bellos los que llevó Lourdes a la boda de César y Camila! Quiero algo parecido, pero seguro que eran carísimos, ella solo compra en la Top París. Ya me cansé de este solazo. ¡Qué ironía! Unos se mueren por ser blancos y yo, por estar negra. Me voy a vestir y aprovecho para ir de compras.

8:15 *a. m.*

Empecé la eterna rutina de vestirme. Abrí la gaveta donde tengo mi ropa interior y me puse un calzón viejo y roto que me encanta. ¡Ay, qué importa! No, mejor me lo quito por si tengo un accidente automovilístico. ¡Qué vergüenza llegar al hospital con el calzón roto!, o ¡si asaltan el banco y nos desnudan a todos como a aquellos diputados secuestrados que los sacaron en calzoncillos por televisión! ¡Me voy en desastre! No, mejor me arreglo por si me encuentro con alguien conocido; siempre que uno anda horrible te encontrás a todo el mundo. La otra vez salí corriendo del súper, me cansé de esquivar a mis conocidos. A esta hora no creo que haya nadie. No quiero pasar horas arreglándome, me voy a poner los anteojos oscuros para no pintarme los ojos. Solo me pinto los labios y ya. Cogí la cartera y saqué las llaves que estaban en el mero fondo. Encendí la ignición y el carro no tenía gasolina. ¡Juela gran puta! La aguja está casi en cero, quién sabe si llego a la gasolinera. Todos lo usan, pero soy yo quien le pone gasolina. Qué frescura, los imbéciles de mis hermanos no se componen. ¡Es el colmo!

9:00 *a. m.*

Una gran fila de carros pitaban y trataban de aventajarme apiñándose a los lados. ¿Y ahora qué pasa? Están metiendo un cable. Pero si acaban de hacer la carretera y ya la están rompiendo. ¡Qué falta de planificación! ¡Ahora son horas! Ya se me pegó un dolor en la espalda de la tensión, siempre que manejo en esta ciudad se me inflaman los nervios. Tengo las uñas horribles, me las voy a pintar al regreso. ¡Qué bello el pelo de esa mujer del anuncio! Seguro que está retocado. ¡Animal! ¡Fíjate adónde vas, imbécil! Odio estas rotondas, algún gracioso siempre invade el carril. ¿Pero adónde es que voy? ¡Ah sí!, a la tienda Chick Lady. Todo se me olvida, estoy perdiendo la cabeza. ¡Ya me pasé! Será alzhéimer, que está tan de moda. Dicen que puede dar a cualquier edad. ¡Si así estoy ahora, cómo estaré en treinta años! ¡Loca!, porque la locura es lo peor. Prefiero el cáncer o una bala perdida. No, mejor del corazón, rápido y sin darme cuenta. ¡Me pasé de nuevo! Ahora sí que me estoy volviendo loca. ¡El celular¡ ¿Y la cartera? El celular estaba al fondo, casi bizca logré leer quién llamaba y antes del último toque contesté:

—¡Aló! Sí, amor, estoy manejando al centro comercial. ¿Se te ofrece algo en especial? No, bueno, nos vemos más tarde, bye. Seguro que quiere controlarme, me llama todo el día para saber dónde estoy.

Entré directo a la tienda para no tener que saludar a nadie. ¡Qué bella esa cartera!, y me pega con los zapatos que encontré para el vestido rojo. Ese collar, ¡qué belleza! Definitivamente soy yo, es mi estilo.

—¡Deme por favor esa cartera y el collar! También incluya la billetera que hace juego.

—¡Qué tal! Vos sos la prima de Santiago, ¿verdad? Nos conocimos en el cumpleaños de tu abuelo.

—¡Bien, gracias! ¿Y vos? Gusto de verte.

Si no saludo, después dicen que soy una gran creída. La vez pasada, no sé quién fue que me dijo que dijeron: «¡Es una perra, me pasó por el lado y ni me saludó!».

Todo el mundo salió de compras hoy. ¿No dicen que hay una recesión mundial? Será la desesperación, más bien la insatisfacción, seguro que están todos endeudados. ¡Qué horror! No encontré zapatos en ningún lado, pero en mi próximo viaje a Miami los compro, o si no, los pido por la internet. ¡Cuánta miseria en este país! Pobre mujer, con ese niño en brazos. ¡Podrían ser mis hijos! Le voy a dar cinco córdobas. ¡Pero qué puede hacer con eso! No, mejor no, porque se acostumbra y no es lugar para trabajar. ¡Si todo el país está en crisis y son unos pocos los del semáforo!

El problema no lo voy a resolver. ¡Pero qué culpabilidad! Me gasté una fortuna en la cartera, una familia entera podría comer por una semana, pero no puedo dejar de vivir, la vida es dura para todos. Es una agresión mutua, ellos se resienten de que uno tenga y a uno le molesta su falta de educación y posibilidades. ¡Todo cuesta! ¡Es indigno y deprimente! Me voy a dar un masaje para estar relajada y que Santiago no me sienta tensa.

10:00 *a. m.*

Me recosté en la mesa de masaje y traté de poner la mente en blanco, pero fue imposible, se me vino de nuevo la idea de llamar al doctor para que me ponga los implantes, aunque gaste mis ahorros. Soy una cochona, ya tendría que habérmelos hecho, la operación es rápida y sencilla. ¡Qué celulitis más horrible, estoy gordísima! Debería aprovechar la ocasión y hacerme la liposucción a la vez. ¡Me muero de vergüenza! La masajista debe de estar pensando: tan joven y ya está acabada. Por eso ni se la recomiendo a mis amigas. ¡Menos mal que no se mueve en los altos círculos! ¿Qué será mejor, digitopuntura o acupuntura? Me da miedo que me pasen una enfermedad con esas agujas. ¡Ni muerta!, prefiero morir de rigidez muscular. Tengo que relajarme. No voy a disfrutar el masaje. Era mejor la otra masajista, esta quiere salir del paso. Sonó su celular y la descarada lo contesta y le dice a la persona del otro lado:

—¡Ajá! Sí, a la misma hora, claro…, ahí llego.

¡La mato, qué desconsiderada! Se me pegó un dolor

en el cuello de la cólera. Cómo se le ocurre coger su celular en medio del masaje. Soy yo la que me tengo que ubicar. Es la falta de educación. Cuando llegue a los cincuenta me espera la presión arterial alta. Me dijo el doctor que tengo que cuidarme porque en mi familia todos sufren de hipertensión, es hereditario. Mi tía Matilde se murió de repente y no pude ni despedirme de ella. ¡Tan buena que era! La verdad es que pocas veces la vi, no la conocí a fondo. Qué poco conocemos a la gente y nos pasamos la vida juzgando o alabando. ¡Ay, Dios, si son las once y veinte! Hoy tengo que hacer el reclamo de la luz, ya mañana son quince días, sí, sí llego a tiempo. ¡Puta, me fui en un hoyo! Ya le rompí el escape. Estos hoyancones que nunca los componen y con tantos impuestos que pagamos. Tengo que ir al taller para que me alineen la dirección, ya se me olvidó cuándo fue la última vez. Es que el tiempo pasa tan rápido... Debería irme del país, estoy cansada de tantos problemas. ¡Pero comenzar de nuevo...! Nada es perfecto, y este es mi país.

11:45 *a. m.*

—¿No puede ser? ¡Pero si está cerrado y faltan quince minutos! ¡Señor, todavía no es hora de cerrar! ¡Abra la puerta! ¡Déjeme entrar! ¡Ahí está el horario! ¡Abierto hasta las doce del día! Fíjese en el reloj. ¡Faltan quince minutos! Y me responde como que si nada:

—Ya está cerrado, regrese a las dos.

El hombre abrió un poco la puerta, aproveché, la empujé con fuerza y me metí. ¡Qué gentecita, Dios mío,

105

hacen lo que quieren! Por eso estamos tan atrasados. Se adueñan de la puerta y no hay quien pase. Aquí es mejor ser amigo del portero que del gerente. Nada funciona. El que no grita o empuja no logra nada. ¡Ay, qué fila! Ese hombre huele a sudor. ¡Qué asco, que mala vibra todos con las caras empurradas! Ya se fueron la mitad de las encargadas a almorzar. De aquí no me muevo porque después es peor, con tanta gente reclamando.

El marcador de turno mostró el 84. Me senté frente a la funcionaria y le dije:

—Señorita, ¡al fin! Vengo a poner un reclamo por la última factura. Me salió altísima y ni siquiera encendí el aire. Mire la diferencia con el mes anterior.

—Doña Sara, ese es su consumo, la lectura indica que consumió más kilovatios este mes.

—Mande a chequear el medidor porque esto no es justo. Es un robo.

—Yo se la voy a poner en reclamo, pero no le garantizo nada.

—¡Qué negativa que es usted! La tienen bien entrenada para darnos a todos la misma respuesta. Entonces, ¿para qué tienen esta oficina tan bonita de atención al cliente? Yo sé que usted no es la culpable, pero me tengo que desahogar con alguien. No quiero parecer maleducada, pero a usted le pagan por atender al público. ¡En el fondo ambas somos víctimas!

Lo más sencillo se vuelve una pesadilla, todo el día hay que pasarlo peleando. ¡Me muero de hambre! Esta dieta es muy estricta, todo lo rico engorda. ¡Tanta amargura y tan pocos placeres! Sonó el celular. Era Santiago. ¿Que adónde estaba? Le respodí:

—¡Sí!, ya estoy por llegar a Las Delicias, es que me cogió la tarde. Fui a reclamar y, bueno, te cuento después.

1:30 *p. m.*

Al llegar al parqueo me estacioné y saqué mi bolso de maquillaje. Me pinté los ojos y labios, pasé la bellota con polvo traslúcido para quitarme el brillo, me apliqué rubor y me puse un poco de perfume Eternity detrás de las orejas y, como siempre, me metí a la boca una pastillita para el aliento. Me alegró ver a Santiago, lo besé cariñosamente. Me sentí acompañada entre tanta adversidad.

—¿Qué tal tu día, amor? —le pregunté.

—¡Muy bueno! Vendí el terreno de Carretera Sur. Van a construir un centro comercial. Me dieron lo que les pedí. Con ese dinero me pienso comprar el Mercedes Benz CLK430 Cabriolet.

Yo, que no me intereso ni sé nada de carros, escuché toda su conversación con el estómago pegado, pero cualquier interrupción se molesta. Dice que nunca pongo atención porque no paro de hablar. El mesero llevó el elegante menú y nos dio la bienvenida.

—De tomar qué desean los señores.

—Un té frío con azúcar de dieta —le respondí.

Pensé: en verdad me encantaría una copa de vino tinto, pero algunos manchan los dientes. Abrí el menú y comencé a salivar del hambre. ¡Qué delicia! Espinacas *rockefeller*. Aquí la hacen de muerte, pero mejor no la pido porque después se te quedan pedazos verdes en los dientes. Un *sirloin steak*, pero las porciones son enormes, yo me la comería toda, pero va a pensar Santiago que soy una glotona. Camarones al ajillo. ¡Divinos! Ay, no, que después queda mal aliento. ¡Y son carísimos! Además, no quiero que piense que soy una aprovechada porque siempre pido los platos más caros del menú.

—¿De qué tenés ganas? —preguntó Santiago.

—Un consomé *esprit du pois*.

—¿Qué es eso?

—Un consomé «espíritu de guisante».

—¿Solo eso vas a pedir?

—Sí... Vos sabés que yo casi no como.

Fui tan convincente que hasta yo me lo creí.

—Usted, señor, qué desea ordenar —preguntó el mesero.

—Para mí, de entrada, unas espinacas *rockefeller* y de plato fuerte, el mar y tierra.

—¿Qué salsa prefiere para los camarones, ajillo, *mournay* o agridulce?

—Al ajillo, por favor.

—¿La carne, qué término la prefiere?

—Término medio.

—Como guarnición, ¿verduras, papas fritas, puré de papas o arroz?

—Para mí, de todo.

—¡Muy bien! En un minuto les traigo las bebidas.

—Has estado muy callada. Olvidé contarte que se murió Luciano Artola.

—¿Ah sí, y de qué?

—Un accidente automovilístico. Se estrelló contra una rastra mal parqueada. No había señalizaciones, estaba oscuro. Murió instantáneamente. Pobre la Angelina y los chavalos.

—¡Qué barbaridad, qué irresponsabilidad!

—¿Vamos al entierro?

—Pero si yo apenas lo conocía. Nunca fui a sus fiestas, ni celebré sus cumpleaños ¡y tener que ir a su entierro. Amor, a eso sí me rehúso.

—Cambiando de tema. No fue para algo tan desagradable por lo que te pedí que nos viéramos aquí. ¡Te tengo una sorpresa!

Santiago sacó una cajita de terciopelo y me la entregó nervioso.

—¡Abrila!

A pesar de adivinar lo que era, me emocioné. Quedé maravillada al ver el bello anillo de brillantes montados en oro blanco.

—Me encantaría que nos uniéramos. Creo que ya es tiempo de casarnos y vivir juntos, pero no te quiero presionar. Pensalo y me das tu respuesta después.

Me quedé pensando. Se me salió una lágrima, no sé si fue por la nostalgia de perder mi libertad. Lo miré fijamente y pensé: ya tengo veintinueve años, si vamos a tener hijos pongámosle que sea en tres años... Tendré treinta y dos. Le encantan los niños, será buen padre seguramente, responsable y con dinero para darnos estabilidad. Me quiere más de lo que yo a él. Es mejor así, se sufre menos.

Han pasado nueve años desde que Sara y Santiago se casaron. La última vez los encontré en el Club Terraza. Parecían felices. A pesar de los cuatro embarazos, ella sigue bien conservada. Al fin se aumentó el busto y cambió el color de su cabello, que la hace lucir más joven. Él se ha engordado y se está quedando calvo. Se me acercó muy cariñosa, me abrazó y me comentó que andaban en busca del varoncito que tanto deseaba su marido. Estaban con sus cuatro niñas. Muy lindas en verdad. En la mesa contigua, la menor, de un año recién cumplido, era atendida por una enfermera que los acompañaba; las otras tres, por una china de poca edad.

A Sara, la amiga histriónica con un toque de emotividad, a pesar de que desde que se casó casi nunca nos vemos, le guardo un gran cariño y siempre le agradeceré la valentía de revelar los secretos que solo yo conozco y ahora puedo compartir. Le deseo, desde el fondo de mi corazón, que sea feliz.

Adiós, coronel

En los últimos días, el viejo coronel sucumbió a la negación; aceptó, como una espina clavada en un nervio vital, los constantes cambios en su estado de ánimo. El mundo fuera de las paredes de madera y lodo con repello fino le era ya desconocido. Su vida transcurría entre altibajos, a ratos tranquilo, a ratos ansioso y hostil; era la tristeza la que más lo agobiaba, se apoderaba de él sin razón aparente durante semanas. En el silencio de esos días, de vez en cuando la acompañaba silbando nostálgicas melodías de canciones pasadas de moda.

El coronel Pedro Antonio Duarte llevaba más de tres décadas en retiro. Vivía solo en la planta alta de una casa ubicada en un barrio de segunda, cerca del centro de la ciudad, donde creció junto a su hermano Constantino, ambos hijos de un comerciante de abarrotes. El coronel apenas sobrevivía con la renta del piso de abajo que había heredado al desaparecer su hermano sin dejar rastro, de una miserable y devaluada pensión y de las escasas remesas que, para quitarse el cargo de conciencia, le enviaba Iván, su único hijo, desde Wisconsin, donde radicaba desde muy joven cuando fue becado para ingresar a la Universidad de Madison por sus altos méritos académicos.

Era la mañana del primer lunes de diciembre. Don Pedro dormía boca arriba, inquieto. Tras unos balbuceos se despertó sobresaltado. Se levantó con la lentitud de quien no tiene oficio ni fuerzas y a pasos cortos y arrastrados inició su rutina, que se limitaba a los paseos matinales de ida y vuelta entre la cama y el baño. Regresaba a acostarse cuando entró en pánico. Caminó azorado hacia las ventanas, las cerró con llave y corrió las cortinas. Entre los traslapes todavía se filtraba un fino y tenue rayo de luz. Con demencial ansiedad intentó cerrar el mínimo espacio.

—¡No quiero que me vean desde afuera! —repetía el coronel, tembloroso.

La oscuridad total lo tranquilizó un poco. Por temor a caerse, se arrodilló y gateó con lentitud hasta encontrar la cama. Agarrándose de la piecera se incorporó con el esfuerzo de una gran hazaña en un campo de batalla. Fue un verdadero logro sentarse al borde del lecho. Agotado, con la voz entrecortada, murmuró:

—La soledad es una enemiga cruel. Sin dinero, con esta cara que no es mía, sin nada más que ofrecer que un buen consejo, y nadie quiere escuchar consejos... La gente se tiene que equivocar; y es más, estoy seguro de que se quiere equivocar.

Se levantó a tientas en busca del apagador que había activado tantas veces desde el cambio del candil a la bujía.

Encendió la luz, lo cual aminoró su angustia. No era suficiente, quería más luz, mucha luz. Tocó cada apagador y en lo que pareció un acto de magia encendió las luces de toda la casa. Se sentía aliviado de volver a ver en perfecto orden el entorno al que estaba acostumbrado y que ahora brillaba a su alrededor. Las paredes palidecidas por el tiempo estaban tapizadas de fotos que contaban ochenta años de historia de la familia Duarte. En marcos barrocos ovalados con vidrios convexos había dos fotos coloreadas de los padres del coronel. El siguiente en jerarquía era el retrato amarillento del joven coronel en uniforme, con la mirada en alto que evidenciaba un gesto de dignidad; a un lado, siete medallas doradas obtenidas por sus méritos y grabadas con insignias, banderas y soles. Otra de las paredes estaba dedicada a su vida familiar con Amanda Gutiérrez de Duarte, una bella mujer de tez morena, muerta a los cincuenta y tres años después de una prolongada agonía debida a la tuberculosis. El viejo observaba cada rincón recordando su pasado a través de los objetos de valor sentimental y material. Olores, caras y risas regresaban vívidas en aquel momento que pareció infinito, hasta que el silencio las acalló de un golpe. Ya ubicado en la realidad volvió la vista hacia un candelabro colocado sobre el aparador y vociferó enfurecido:

—¡Esa muchacha me movió el candelabro de plata! ¡Lo puso en el centro del aparador! ¡Aunque ya le advertí mil veces que no mueva nada de su lugar, siempre cambia los adornos! ¡Todo debe estar donde yo lo dejo! ¿¡Me oíste, Rosa!?

Sintió un mareo y se desplomó. A los pocos minutos abrió los ojos y quedó mirando fijamente la lámpara que lo encandilaba desde arriba como un sol de mediodía:

—No sé en qué momento me inventé esta vida, o ella me inventó a mí —dijo el coronel con nostalgia—. Se me olvida que mi doctor, el último amigo que me queda, me dijo que no me debo emocionar.

Era un náufrago en alta mar sobre una balsa, abandonado a su suerte. Ahí se quedó tirado en el suelo por horas con sus raídas y remendadas pijamas. Los pensamientos se imponían obligándolo a filosofar:

—Es tremenda la angustia que causa pensar que el pasado pudo ser de mil maneras. ¡Si hubiera hecho o dicho esto o lo otro...! Cuando uno se percata de sus errores, ya el tiempo pasó sin darnos cuenta y casi siempre es muy tarde para enmendar lo hecho. Mejor ignoro esos momentos de lucidez y me convenzo de que siempre tomé las mejores decisiones. Volvería a repetirlas sin ningún arrepentimiento. De la ranura del ojo, casi sepultado por los párpados caídos, brotó una lágrima que se dispersó por los surcos de la piel curtida por los años y el trabajo. Se quitó los anteojos y la secó restregándose con los dedos.

—Ya olvidé cuál fue mi verdadero propósito en la vida, aparte de ser un títere de las circunstancias, engañado por la sociedad, envuelto en miles de juegos con reglas ridículas que en su momento parecían adecuadas y ahora son obsoletas. La verdad es... que es mejor no pensar.

Rosita, la joven empleada, entró de la calle y pegó un escandaloso grito del susto que le produjo verlo tirado en el suelo en medio de un charco de orina.

—¡Ay, Dios mío! ¿Y qué le pasó, don Pedro?

—¡Fue por tu culpa! Siempre estás moviendo las cosas, tenés que memorizarte el lugar exacto donde van, al centímetro. ¿Y adónde andabas, vaga? ¡Cada vez que te llamo, nunca estás!

La muchacha, menuda y flaca, luchaba con empeño para poner en pie al anciano. Para ella se trataba de una auténtica proeza. Se paró frente a él y lo haló de las manos con todas sus fuerzas, pero cuando ya casi llegaba se le vino abajo. Después, se colocó detrás de él y metió los dos brazos entre las axilas; el esfuerzo resultó infructuoso porque el peso era tal que se le resbalaba. En uno de los intentos se fueron los dos al suelo y él quedó de espaldas sobre ella. Rosa, presa en aquella patética escena, deseaba reír a causa de los nervios, pero se reprimía para no enojarlo. Ya por último decidió ponerlo de costado y hacerlo rodar hacia un lado para que el trasero le reposara sobre la alfombra del baño, colocada al revés, y lo arrastró asiéndolo de las manos hasta el borde de la cama para que él pudiera sujetarse a la piecera y así lograr sentarlo en un taburete. Después de un breve descanso se le hizo más fácil ayudarle a levantarse para pasarlo a la cama.

El impulsivo anciano no tardó mucho sentado, pues todavía mareado tomó su bastón y cojeando caminó hacia el botiquín.

—¡Ay, ay, cómo me duelen los huesos! ¿Dónde están las pastillas de naproxeno, o las...? Se me olvidó cuál es cuál... Voy a buscar en mis apuntes.

Sacó de la gaveta de su mesa de noche un pequeño cuaderno forrado con papel de regalo y ojeó las páginas llenas de anotaciones en impecable letra de carta, que escribía a menudo para auxiliarse por los olvidos frecuentes. Leyó en voz alta:

—¡Pastillas para el dolor! Son las rojas del vasito verde que dice «Metotrexato». ¡Con esos nombres quién se puede acordar!

Se dirigió hacia el botiquín y abrió la puerta de espejo corroído. De tan lleno como estaba, de los angostos estantes cayeron sobre el lavamanos varios frascos.

—Aquí está mi tesoro. Todos mis ahorros invertidos en medicinas.

Buscó entre docenas de frascos con pastillas de diversos colores y exclamó contento:

—¡Las encontré! Está borroso el nombre. Aquí hay otras parecidas, pero estas son rojo intenso.

Buscó nuevamente en el cuaderno:

—Dice que las cápsulas rojas con blanco son para la arritmia. De todas maneras, las dejo afuera porque seguro que más tarde las voy a necesitar.

Al empinar el vaso de agua para tomarse las pastillas, su vista se clavó en el crucifijo de bronce patinado que colgaba centrado en la pared trasera a la cama, viejo testigo de sus pasiones y avatares. Lo embargó un sentimiento de culpabilidad que lo obligó a tomar el rosario. Con la expresión de la típica compunción del cristiano devoto inició el rezo:

—Padre nuestro que estás en el cielo, santificado sea tu nombre, venga a nosotros tu reino, hágase tu voluntad en la tierra como en el cielo, danos hoy nuestro pan de cada día, y perdona nuestras ofensas…

—Santa María, madre de Dios, ruega por nosotros, pecadores…

—Dios te salve, María…

Colgó el rosario de cuentas plásticas en un pilar del espaldar y meditabundo concluyó:

—Siempre hay que estar listo. A estas alturas, ni dudar de mis convicciones religiosas, que me entra vértigo con tantas extrañas teorías, religiones y prácticas espirituales. ¡Ah, y la reencarnación...! Una vida de devoción y martirio para ganarnos nuestro lugar en el cielo. Toda la vida horrorizados por las llamas del infierno y ahora resulta... ¡que no hay infierno! Solo falta que uno de estos días nos quiten el cielo. Cuando me termine de acostumbrar, cambiarán las reglas bajo nuevas amenazas.

En sus intestinos empezó una cruenta revolución, hasta que sintió que una daga oxidada le atravesaba el estómago. Malhumorado, vociferó:

—¡Bueno!, ¿y mi comida? ¡Ya se pasó el tiempo del almuerzo! ¿Qué no hay nadie? ¡Esta muchacha, siempre jalaqueteando con el novio! Se le olvida darme de comer.

—¡Rosita, Rosa, vos, muchacha holgazana!, ¿qué te hiciste? —gritó el anciano.

Arrastrando los pies emprendió el largo y tortuoso camino hacia la cocina. Abrió el refrigerador y se quedó espantado:

—¡Dios mío, qué desorden hay en esta refrigeradora!: las lechugas con los quesos, las frutas con el pan y, para colmo, el agua al fondo, o sea que para sacar el agua hay que sacar todo. ¡Así está el mundo, señores! ¡Al revés! ¡Y yo, que cuando era pequeño quería quedarme en casa y no ir al colegio...! Ilusoriamente pensaba: Qué lindo quedarse siempre en el hogar y no tener que enfrentarse con ese mundo adverso. ¡La casa sin una mujer es otro infierno!

En el compartimiento de la mantequilla encontró una barra de chocolate que lo hizo cambiar de humor.

—¿Estará rancio? Con lo rápido que pasa el tiempo uno no sabe si tiene un mes o un año. Ya se me había olvidado que lo tenía guardado para envenenar a alguna visita, porque con mi diabetes sería suicidio. Ahora todo lo rico es malo para la salud. ¡Aaah, y yo qué pierdo! A lo mejor me muero de una vez y se acaban los problemas. Además, nadie me está viendo y cuando corra la noticia que me morí a causa de un chocolate, seguro que los vecinos dirán: «¡Qué rico debe de haber estado ese chocolate! Bueno, ese viejo coronel de algo se tenía que morir».

Cogió el chocolate y con el sigilo de un criminal se fue a encerrar en el cuarto. Se sentó en la cama y abrió despacito, sin romper, la envoltura de la incitante enorme barra de chocolate con nueces. Partió un pedazo, se lo metió a la boca y esperó que se derritiera. Sus ojos se cerraron del placer. Recostó el cuerpo sobre la cama con la intención de consumar nuevamente el pecado y continuó partiéndolo en pedazos para saborearlo. Entre mordisco y mordisco aspiraba lentamente para sentir el aroma y prolongar el éxtasis. Observó el último trozo y se lo llevó a la boca con una mezcla de ansiedad y tristeza.

Eran las siete de la mañana. Alcira, la nueva enfermera, una morena en sus veinte años y de mediana estatura entró al cuarto. Entre la penumbra fue directo hacia la ventana para abrir las cortinas. Dio un vistazo a la calle y en un delicado tono de voz murmuró:

—¡Buenos días, don Pedro! ¡Vamos, ya es hora de levantarse para hacer sus ejercicios!

El coronel yacía en la cama acostado de lado de cara a la pared, inerte.

—¡Don Pedro! Seguro que ayer se durmió tarde de nuevo. Sabe que no debe desvelarse. ¡No se haga el dormido, que ya conozco esas mañas!

El coronel, con los ojos cerrados y sin cambiar de posición, dijo refunfuñando:

—¡Ya viene usted a torturarme! Ayer le dije que hace cuarenta y cinco años que no hago ejercicios, una vida entera, y no pienso seguir con esa rutina que me mandó el médico. ¡Que no y no!

—Es tan obstinado que ya no sé qué hacer con usted.

—Nunca nadie ha sabido qué hacer conmigo desde que tengo memoria. Mi madre, llorando, me decía: «¿Qué he hecho yo para merecer esto?». Todos se dieron por vencidos. Le agradezco su interés por mi salud, yo sé que es su trabajo, pero a mí no me interesa, adonde voy no llevo nada y menos este cuerpo arrugado y decrépito. ¡Un día más o un día menos no hacen diferencia! No se preocupe, que no se quedará sin trabajo. Seguro que hay otro esperando su turno. Este secreto quedará entre nosotros —le dijo el coronel con tono de complicidad—, el doctor no se dará cuenta. Además, él solo se molesta cuando no le pago puntual las consultas.

—¿Y qué remedio me queda? En fin, usted ya conoce las fatales consecuencias —afirmó la enfermera con un deje de frustración.

El coronel se sentó en su sillón habitual frente a la ventana donde pasaba horas en un estado de trance. De vez en cuando no perdía la oportunidad de observar a la graciosa enfermera, que ordenaba con esmero el cuarto e ignoraba sus solapadas insolencias.

—Aquí le pongo los periódicos que le traje. Hace tiempo que no lee. El doctor le recomendó leer para mantener la mente activa.

—Con estas noticias yo creo que me quiere matar pronto. Mejor cuénteme usted cómo sigue la vida allá afuera.

—Siempre lo mismo. La canasta básica cada día más

cara. El presidente, que no quiere dejar el poder y los políticos se pasan de un partido a otro según sus intereses. El mandatario parece tener una fórmula secreta para combatir la pobreza, pero hasta ahora nadie la conoce. Todos son el mismo mono con diferente vestido. Producto de este país, la misma cultura política. Solamente el día que los políticos vengan de Marte, les voy a creer.

—¿Y qué dice la gente?

—Unos van con un bando y otros, con el otro. Pero yo digo que nadie sabe nada. Viven en la superficie sin tener idea de lo que hay detrás, proyectando sus propias ilusiones. La peor enemiga es la esperanza. ¿No dicen que la esperanza es lo último que se pierde?

—¡Bueno! Hoy vino muy profunda y muy bonita.

—No se burle de mí, don Pedro. ¡Es usted un bandido!

—¡Ay! ¡Qué mala suerte la mía! Dios me dio la lucidez en vez de la demencia para no tener conciencia de esta decadencia física. Es cruel apreciar la belleza con el mismo ímpetu, pero no crea, uno no se acostumbra por más que intente practicar el desapego. Pensé que a estas alturas tendría sabiduría y dignidad.

La enfermera creyó escuchar unos toques a la puerta y salió apurada. El coronel se quedó hablando inspirado, hasta que volteó la cabeza y con desilusión se percató de que hacía un rato que le hablaba al vacío.

—Hablando solo como un tonto. Es igual, da lo mismo; si nadie escucha, las personas viven en un constante monólogo.

La enfermera entró nuevamente al cuarto. Venía contenta y traía en las manos un sobre sellado proveniente del exterior que de inmediato puso frente a él y le dijo:

—Llegó esto para usted.

El coronel, al leer el nombre del remitente, se emocionó. Sus manos temblorosas se precipitaron a abrir el sobre, llenas de la delicadeza de quien no pretende romperlo. Leyó la carta a murmullos:

«Querido papá, espero que se encuentre bien de salud. Ha surgido un imprevisto en el trabajo y no podré llegar para Navidad. Le mando cien dólares para que se compre lo que necesite y también las últimas fotos de sus dos bisnietos, que están enormes. María dice que Manuel salió igualito a usted en físico y en carácter.

Lo queremos mucho.

Abrazos. Iván».

El anciano dobló cuidadosamente la carta y la metió de nuevo en el sobre. Sacó una ornamentada lata antigua de galletas del fondo del ropero y la destapó. El olor a secretos y a nostalgia inundó el cuarto. Colocó y presionó el sobre encima de años de correspondencia y la guardó. Volvió la mirada hacia una retratera que reposaba sobre la mesa de noche y se quedó observándola fijamente mientras pensaba:

—Es lo que me quedó de mi familia..., una foto. Siempre hay alguna excusa para no venir a verme. Es triste aceptar cómo el tiempo y la distancia apagan los afectos. ¡Traemos al mundo a los hijos del vecino!

—¿Malas noticias? —preguntó la enfermera.

—Es que me estaba acordando del chiste del muerto. ¿Se lo cuento?

—Claro, don Pedro.

—En una capilla adornada con pocas flores se velaba a un muerto con el ataúd cerrado. El supervisor de la sala mortuoria observó que desde temprano una anciana estaba sentada con expresión de tristeza. Sorprendido de que solamente ella lo acompañara, le dijo a la señora:

—¡Mi más sentido pésame! Don Mario era un buen hombre. Si usted desea, la puedo acompañar.

—¡Ay, señor!, disculpe. ¿Esta no es la vela de Julio? —preguntó la señora, apenada.

—¡No, señora! Es en la capilla siguiente —respondió el supervisor.

Alcira, que no sabía cómo reaccionar, dijo:

—¿Y eso es un chiste? ¡Cada quien con su humor!

La enfermera ordenó los frascos de pastillas sobre la mesa de noche. Se reclinó sobre una pequeña mesa rústica que el coronel usaba como improvisado escritorio para anotar en un papel el horario de los medicamentos. Puso la bacinilla debajo de la cama y salió del cuarto. Al poco rato regresó ya vestida en su ropa casual que la transfiguraba en una mujer ajena, mundana, y con su afectuosa sonrisa resaltó.

—Le dejo las medicinas que tiene que tomarse antes de dormir. Recuerde que la pastilla roja es para los dolores.

¡Es importante que se la tome para que descanse!

—Gracias. Váyase ya, que seguro la esperan ansiosos en su casa.

El coronel se resintió del vacío que dejaba su grata compañía. La habitación quedó en total quietud y el viejo, con sus recuerdos que lo acechaban con saña, arrepentimiento y miedo más del pasado que del futuro. Comenzó nuevamente la vorágine de emociones, hasta que quedó rendido.

Apenas abrió los ojos sintió zozobra. Las manecillas del reloj marcaban las nueve y media de la mañana. Le extrañó ver las cortinas cerradas. Llamó repetidas veces en voz alta a la enfermera. En respuesta había un pasmoso silencio que fue de repente interrumpido por el traqueteo del arranque del motor del vetusto refrigerador. La mente traicionera se fue en todo tipo de elucubraciones en donde prevalecían la culpa y el reproche por su actuación con la enfermera.

Por la madrugada despertó sobresaltado por una pesadilla recurrente: un carruaje tirado por dos corceles negros, alados, se estacionaba frente a su casa. El cochero, de rostro indefinible, vestido de frac y sombrero de copa alta le abría la puerta con caballerosidad burlesca. El coronel se rehusaba a avanzar cuando una fuerza ajena lo obligaba a entrar. El macabro personaje lo encerraba y guardaba las llaves en un bolsillo. Partían volando hacia las nubes en la noche obscura. El anciano luchó con sus condicionados recursos internos contra la fantasía, aunque pudieron más los primitivos miedos y mitos sin descifrar. Intentó dormir, pero estaba poseído por el resabio del espanto. Pasó la noche en vela.

Las cortinas permanecían cerradas. Esperó hasta las once de la mañana. Buscó en su libreta el número telefónico. Tras varios intentos fallidos lo encontró anotado en un pequeño papel suelto entre las páginas. Lo discó. El tono de desconectado resonaba en sus oídos. Los días siguientes los pasó en vilo a la espera de noticias. Cualquier intento por contactar con la enfermera fue en vano. El frágil anciano no se levantaba de la cama y se mantenía en total mutismo. Languidecía de tristeza.

—¡A ver, don Pedro, coma, abra la boca! —le pidió Rosita, que ya no sabía qué hacer para evitar el rápido deterioro de su patrón.

—¡No tengo hambre... y no me vas a obligar a comer! —respondió el coronel mientras volteaba la cara con apatía.

—El doctor dijo que le va a dar de comer por otro lado. Me imagino que es por supositorio.

—No, muchacha, no seas bruta, es por vía intravenosa. ¡Con suero!

—Ah, pero es lo mismo. Abra la boca, si a usted le

encanta la sopita de albóndigas... Se la hice como le gusta, con albóndigas chiquitas para no tener que partirlas, con bastante pollo y culantro. ¡Mire cómo está, todo pálido y ojerudo! —dijo Rosita—. ¡Qué no se me vaya a morir este viejo! ¿Y yo qué hago? Es tan necio que seguro me va a jalar la pata cuando se muera —pensó afligida.

A los cinco días regresó la enfermera, medio mojada por la llovizna, llena de preocupación y culpabilidad.

—¡Ay, qué pena con usted, don Pedro! Me han pasado mil vainas, ya le cuento, pero antes déjeme tomarle la presión. Lo veo muy desmejorado. ¿Qué me le ha pasado?

La enfermera le tomó el brazo con suavidad, le colocó el brazalete y lo infló. El débil y viejo corazón del coronel palpitaba de prisa. Sus ojos se iluminaron y al momento experimentó una regresión al quinceañero inexperto frente a su amada. Rosita entró con un pichel para rellenar el vaso de agua, quejándose:

—¡Fíjese que no ha querido comer nada! Si dos bocados ha probado, es mucho. ¡Gracias a Dios que regresó! Ahí se lo dejo, solo usted lo puede convencer. ¡Ya decía yo! ¡Esta es otra que se fue! ¡Nadie aguanta a don Pedro!

—¡Hay que comprenderlo! Es muy exigente, pero es el mejor paciente que he tenido. Bueno, en realidad, es el primero.

—¡Por lo menos alguien me comprende! —replicó el coronel, balbuceando.

La enfermera, con paciencia de santa y sosteniéndo-

lo por las axilas, lo llevó hasta su desgastado sillón de cue-
rina. Por su propio peso, el anciano cayó como plomo sobre
el asiento. Se quedó observando a la joven y, con dificultad,
le dijo susurrando:

—Estaba preocupado por usted. Pensé que le había
pasado algo, que no iba a regresar. Alcira, quiero que sepa
que puede contar con mi amistad.

Rompiendo viejos patrones, lentamente estiró su
brazo tembloroso y puso la mano sobre la muñeca de la
joven. Hubo un breve silencio. La enfermera levantó su mirada y sonrió dulcemente:

—Le agradezco mucho, don Pedro. No quiero preo-
cuparlo con mis problemas. No tenía cómo llamarlo. Usted
sabe que yo vivo lejos y con eso de la huelga de transporte... Solo hay un teléfono en el barrio y para colmo, sin
tono. En este país nada funciona, únicamente a la hora de
cobrar la factura. ¡Pero ya estoy aquí para cuidarlo!

Era una mañana soleada de noviembre. El coronel
se levantó entusiasmado y se sentó frente a la ventana a observar la intensa actividad. Entraba el aire fresco del inicio
del verano, combinado con el olor del pan de la panadería
de la esquina, «El Pan Fino». Los ruidos tan familiares lo
arrullaban, cerró los ojos y se perdió entre recuerdos de los
momentos vividos en esas calles. Se aferraba a ellos para
no dejarlos escapar. Sintió un malestar de la misma intensidad de los que estaba acostumbrado. No le dio importancia.
Llamó con insistencia a Rosita, quien nunca respondió. Se

sentó en la cama y revivió un instante de felicidad plena rodeado de su esposa y su adorado hijo. Recordó cuando se vio obligado a abandonar el país y cómo, mientras empacaba las maletas, lo embargaba la incertidumbre y el temor a lo desconocido, la tristeza de dejar la cosecha, las rutinas y a sus seres queridos. Pensó en lo infructuoso de ese miedo, pues logró adaptarse a una nueva realidad y salir adelante con valor para después regresar. Sintió que el tiempo era como una ráfaga de aire frío que pasa rápido y los recuerdos, como relámpagos luminosos en una noche de tormenta.

La enfermera llegó con retraso, con su aire de frescura y olor a jabón. Abrió las cortinas. El sol bañó de luz todo el cuarto. El coronel yacía boca arriba con una expresión plácida en el rostro, sus dos pantuflas colocadas en el lugar habitual; sobre la mesa de noche, su dentadura postiza, el vaso de agua a la mitad y una decena de frascos ordenados en fila. Se acercó y, susurrando, lo movió con delicadeza para intentar despertarlo. Lo observó detenidamente, negándose a enfrentar la realidad. Se persignó. Sin prisa y con suavidad le tomó las manos para colocárselas sobre el pecho. De pronto, cayó al suelo el frasco de pastillas rojas que agarraba la mano derecha del coronel.

Retrato en gris

Buscaba entre mis documentos viejos, agobiada por el rancio olor y las partículas del polvo de polillas que flotaban en el aire, cuando se zafó del manojo y planeó, hasta quedar boca abajo sobre la alfombra, una foto de la época en que era un prodigio y fortuna quedar retratado en blanco y negro. Con cierta reticencia leí la dedicatoria. «Para mi querida Marcela. Espero que no me olvides. Tía Lucila». Todo cambia, expira, nada ni nadie es indispensable son algunas de las irremediables realidades que tardamos tiempo en asimilar; las dos mujeres me susurraban desde ultratumba, personajes que me resultan difíciles de descifrar. Recuerdos duros de enfrentar, vidas complicadas, de emociones fuertes reprimidas, impredecibles, conjugación extinta en tiempos y lugares que se fueron apagando lentamente en mi memoria. La energía de la foto se aferró con fuerza en mi interior y me dejó indefensa. Las visiones se manifestaron claras y cristalinas, hasta quedar sumergida en sentimientos ocultos desde hace cincuenta y siete años; yo, en mis once años, perdida en una madeja extraña, incomprensible, mi mundo era así, confuso, lleno de silencios y acertijos.

Siempre fue un misterio por qué nos dejó mi madre en casa de tía Lucila. Una tarde empacó nuestras humildes pertenencias en una valija y nos entregó, como un paquete que se deja de regalo. Mientras viajábamos rumbo a su casa en un viejo taxi, nos dijo:

—Pórtense bien, les prometo que apenas yo pueda las vengo a recoger, y no lloren, hay que ser fuertes.

Eran las seis, el final de un domingo gris de invierno. Por eso detesto el crepúsculo, ese momento en que se desvanece la luz del sol. Me embarga una mezcla de incertidumbre y abandono.

Mi hermana María estaba muy apegada a ella, lloraba por las noches hasta dormirse. Después de ser tan extrovertida se volvió callada y huraña, a pesar de ser la favorita de tía Lucila, que era una alcahueta, y le permitía ver todas las telenovelas y los melodramas de la época dorada del cine mexicano. María recordaba cada inflexión, cada gesto, incluso por cuál de sus ojos brotaría la primera lágrima. Vivía intoxicada por las desilusiones y las injusticias del mundo. Cuando sonaba en la vieja radio una canción de despecho, se quedaba boca arriba fantaseando con fracasos y desaires.

Me encantaba sentarme en un pequeño banco al lado de mi tía Lucila, que por las mañanas, como ceremonial rutina, se maquillaba frente al espejo de su enorme tocador ovalado. Con sus arrugadas manos, de uñas perfectamente pintadas con esmalte blanco nacarado, acariciaba su rostro envejecido con una mechuda bellota saturada de polvo rosado y el sutil carmín regresaba la frescura a sus mejillas. Se cepillaba por largo rato el escaso cabello teñido en negro y se perfumaba con Chanel número 5, en espera de algún galán que la rescatara del tedio de la vida y le demostrara que sí existen los príncipes azules y los caballeros galantes, de esos que llevan chocolate y flores.

—¡Que jamás te vean sin pintura! La vanidad en una mujer es muy importante —me dijo en varias ocasiones.

Bien arreglada, se sentaba en la mecedora de la sala debajo de la pintura de su juventud, retratada altiva, de guantes de encaje, con una chimenea de fondo, con un arreglo de rosas blancas sobre la repisa de mármol esculpido. Meciéndose, tarareaba una indefinida melodía; la peluda perra Madame, que parecía una alfombra, a sus pies, la observaba con mirada somnolienta. Así la conocí, ya marchita. Para mí era la mujer más bella; nunca comprendí por qué no se había casado, con tantos atributos como atesoraba. La imaginaba caminando por el parque del brazo de un galán de bigote inglés, vestido de pulcro blanco, con leontina de oro y alto sombrero, envueltos en una amena conversación, no sé sobre qué.

La vieja Domitila, hija natural de un tío lejano, la refunfuñona y complaciente cocinera nos servía en el corredor, todos los días, en una pequeña bandeja con un tapete bordado, la frescavena con hielo de las diez y prendía la radio que marcaba siempre la misma estación. Recuerdo la silueta espectral de mi decrépita abuela, quien permanecía sentada en su silla de ruedas, inclinada hacia un lado por la escoliosis, bajo el umbral de la puerta del zaguán, inmóvil, en silencio, con la mirada perdida. Parecía estar en paz, como si la mente la hubiera abandonado al fin.

Mi amor por la lectura nació de los raquíticos anaqueles llenos de libros del abuelo, un hombre erudito, decía mi tía, que nunca abrió un libro, dejando empolvadas las preguntas que quedaron sin responder, las curas para el dolor, cosas de esas bonitas que suenan bien aunque no se entiendan, pero que proporcionan calma momentánea como la aspirina o el valium...

Me sentaba en sus piernas y me recitaba mis nombres y apellidos. Al poco tiempo yo los olvidaba. Le encantaba que le preguntara nuevamente:

—¿Cómo me llamo yo, tía Lucilita?

Y comenzaba de nuevo:

—Marcela Eugenia García Montenegro López del Castillo Acevedo Cervantes... Tus apellidos maternos son de origen noble.

Luego proseguía con grandiosas historias de mis supuestos antepasados, ricos y elegantes, que habían venido desde España. Según ella, la impureza de mi raza venía por el lado de mi padre, del que habló pocas veces sin lograr

140

esconder su desdén. «De ahí viene ese color de tu hermana María», decía con solapado reproche.

Una tarde llegó un telegrama notificando la muerte de mi tío Alberto, su hermano, que vivía exiliado en Guatemala. No pudo asistir a su entierro por no tener con quién dejarnos. Pasó de luto un año sin derramar ni una lágrima; creo que nunca le contó a su madre que su hijo favorito había muerto de un infarto fulminante en el baño.

Tuvo varios pretendientes que no pasaron de la puerta principal. Con profunda convicción me decía:

—Las mujeres deben darse a respetar cuando no hay un hombre en casa. No es conveniente recibir a solas, la reputación se pierde y nunca se recupera.

Una vez, mientras Domitila batía unos merengues, me susurró a sus espaldas:

—Todos son unos buenos para nada, solo quieren sus reales, bebérselos en guaro y tenerla de sirvienta. Los hombres son así, hay que servirlos y atenderlos todo el día como reyes y nunca están contentos. Los ves todos perfumados y galantes, pero cuando agarran confianza, ¡hay que ver! Tu tía es una mujer muy inteligente.

Puntual con las siete campanadas de la iglesia, la oronda doña Paula, la verdulera, pasaba empujando el rústico carretón sobre la polvorienta calle, pregonando: «¡Aquí van las verduras frescas! ¿Va a querer?». Una chigüina de diez años, de facciones indígenas, la acompañaba para llevar las verduras hasta la cocina de sus marchantas. Con sus enormes ojos negros me observaba fijamente, como si yo viniera de otro planeta. Hasta que un día de Semana Santa se acercó tímidamente y titubeante, entre ingenuas sonrisas, y me entregó una bolsita de jocotes tronadores. Me sentí tan agradecida que la invité a jugar con mi muñeca Juliana, una enorme rubia de ojos batientes vestida de color rosa. Nunca había visto a mi tía Lucila tan molesta. Cuando se fue me dio una tremenda regañada:

—¡Marcela, no ves que es la hija de la verdulera! ¡Cómo se te ocurre meterla en la casa! Lavate bien las manos con jabón y prestame la muñeca para que la Domitila la limpie bien con un trapo y alcohol.

Esa noche, frente al televisor, la cantante del momento, escultural y bella, abandonada por su galán semanas después de recibir un preciado galardón, era la invitada de un programa de variedades. Antes de salir a cantar su canción promocional, llorosa, con estudiada humildad de estrella, dijo:

—Para el que nada espera todo es ganancia, es una sorpresa que te llena de agradecimiento, las cosas llegan en el momento más impredecible.

—«La suerte de la fea la bonita la desea» —la tía Lucila recitó uno de los muchos refranes favoritos que utilizaba para cada ocasión. Claro, ella es bella y exitosa. Los hombres no resisten que las mujeres sean más que ellos. Lo resienten aunque lo nieguen. Menoscaba su hombría.

Pocos eventos de los años siguientes vienen a mi memoria. La tía nos enseñó a bailar vals y minué y mi abuela murió sentada en su silla, en silencio.

—Ya descansa en paz, se fue de este valle de lágrimas —dijo mi tía mostrando su fortaleza interior.

Después de guardar el luto de rigor mandó traer de Italia un corte azul cobalto de seda satinada, por consejos del fotógrafo, para lograr hermosos brillos y un gris profundo. Se dio a confeccionar el vestido copiado de una revista donde aparecía María Félix en *Doña Bárbara*. A mi prima y a mí nos hicieron unos vestidos de *peau de soie* con enormes lazos de satén, de un color horrible, argumentando que en blanco y negro se verían bellos. La peluquera inició su tarea de madrugada para rizarnos el cabello y mi tía, por primera vez, con paciencia y deleite, me pintó la cara. La escenografía fue preparada cuidadosamente. Del vivero trajeron tres enormes palmeras, en maceteras ornamentadas con relieves de ninfas y cornucopias. Sobre el pedestal de caoba tallada, un florero de porcelana fina con abundantes rosas blancas fue colocado a un lado. El antiguo juego de sala rococó laminado en pan de oro, tapizado en gobelino italiano estampado de nenúfares y flores de lis en púrpuras y ocres, que permanecía tapado, estaba descubierto, sin el forro grueso plástico, opaco, que tronaba horrible al sentarse y te dejaba las nalgas empolvadas.

Del día de la foto recuerdo que había un alboroto en la calle. Todos se apiñaban en la puerta y ventanas de la vieja casa para ver el evento. Afuera estaba soleado, hacía un terrible calor, con las entradas de aire bloqueadas por los curiosos. La loca del pueblo, que a diario pasaba recogiendo basura y hablaba sola, gritaba: «¡El mundo se va a acabar, todos son pecadores, el mundo se va a acabar!». El fotógrafo, delgado y barbudo, llegó acompañado de un asistente cargando una caja negra como si se tratara de un acontecimiento trascendental. Instaló con parsimonia el equipo y tomó medidas. Con la aprobación de mi tía, cambió todo de lugar para que entraran en plano las columnas dóricas del jardín central. Mi tía se sentó a un costado del sofá mostrando tres cuartos a la cámara; en el centro, mi hermana María y yo. Me sentí mareada; me levanté asustada del sofá, ansiosa y avergonzada por el ridículo vestido. Durante largo rato mi tía me rogó infructuosamente que me sentara con ellas de nuevo en el sofá. Sollozando desde el rincón, observaba a mi tía Lucila y a mi hermana sentadas posando con gran porte y una sonrisa que nunca antes había visto. De pronto, hubo una explosión de luz que me cegó.

Fantasías, verdades de aquellos tiempos, incógnitas que quedaron sin respuesta. En esa época no se hablaba de asuntos íntimos, aprendimos que estaba prohibido preguntar, era mejor no conocer la realidad para que no sufriéramos, porque la niñez es el tiempo para ser feliz. En todas las ocasiones que le pregunté por mi madre, mi tía respondía:

—No les falta nada, aquí tienen de todo, no se pueden quejar. Ella solo quería lo mejor para ustedes.

A veces el silencio duele más que la verdad. Da rienda suelta a la imaginación. Yo siempre guardé la esperanza de que en cualquier momento mi madre entraría por la puerta. Todavía hoy sueño con que ella regresa sonriente, nos abraza con ternura y nos lleva de la mano diciendo no sé qué, porque en mis sueños nadie habla, todos son mudos.

Crisis tropical

«Dr. Hermógenes Prado. Psiquiatra», se leía en el pequeño rótulo de hierro fundido colocado sobre la parte superior de la puerta de tambor pintada con esmalte café. En la vacía sala de espera, René Fernández, impaciente, miraba con frecuencia su reloj, urgido por entrar para evitar la posibilidad de encontrarse con algún conocido. En el largo rato que llevaba esperando sin nada que hacer, había recorrido cada detalle del deteriorado inmueble sobreviviente del terremoto que destruyó la vieja Managua en 1972, digna muestra de la sencillez y falta de detalles en la construcción de la clase alta de esa época. El piso de terrazo color crema con piedritas en variadas tonalidades ocre, como un denso firmamento de concreto, le causaba vértigo. El bajo cielo raso de cuadros de *plywood* entintado en nogal con barniz brillante, coincidía con el mal gusto de las ventanas venecianas de marcos de aluminio entreabiertas y medio limpias, enverjadas con sencillos ornamentos de hierro forjado que dejaban ver fragmentos de un descuidado jardín. Y como perfecto complemento, al fondo, había cuatro ollas de barro enmohecido, agrietadas, con raquíticas e inadaptadas plantas. Después del escrutinio visual se percató del olor a los años sesenta, y del mismo bochorno de finales del verano que lo hacía sudar a chorros. Sentimientos mezclados de nostalgia y rechazo le oprimieron el pecho. Cerró los ojos y se dejó caer al vacío rendido ante la sensación de que el tiempo no había trascurrido. Tenía la certeza de que al abrirlos nuevamente encontraría su vieja realidad, aquel pasado desvanecido, en parte idealizado. La recepcionista, una jovencita de apariencia ordinaria y sin vocación, hojeaba una revista *Vanidades*. Lo observaba de vez en cuando, con una sonrisa forzada. Sonó el intercomunicador y con desgano lo hizo pasar.

Después de los saludos formales, las presentaciones y el rutinario interrogatorio, el psiquiatra lo invitó a sentarse en una cómoda silla reclinable, encendió una grabadora y con modulada voz y en un tono afable dijo:

—Ahora cuénteme, ¿qué lo motivó a venir?

—Es difícil de explicar. ¿Tiene que grabar la sesión? —preguntó con cierta inquietud.

—Es de mucha utilidad. Ya se acostumbrará.

—No sé, doctor, ¿podría apagar la grabadora?

—Si se siente más cómodo...

Con serenidad apagó el aparato, tomó una pequeña libreta y aprovechó para meterse en la boca un caramelo de menta. Tratando de vocalizar, dijo:

—No se esfuerce por ser lógico, diga lo que se le venga a la mente, sin censurarse.

—Tengo la costumbre de analizar las situaciones por

las que atravieso, se me ocurre que puede ser algo químico combinado con cosas guardadas en el subconsciente, creo que fue un proceso lento para llegar a sentirme así. No reprimo lo que siento. Siempre he tenido mucha fortaleza interior.

—Continúe, por favor.

—No acepté la necesidad de pedir ayuda, hasta que llegó a escala de terremoto, bueno, por lo menos sé que es un terremoto, ya conocemos la técnicas de escape, hay un plan nacional de prevención de desastres. Cuando me percaté ya estaba en medio de una debacle emocional, sin razón aparente. Consulto a mi amigo Mario. Resulta que no le ha ocurrido nada parecido. Tiene problemas, pero es feliz. Me pregunté: ¿será cierto o tendrá miedo a mostrar sus verdaderos sentimientos?

—¿Ha pensado en el suicidio?

—¡En ningún momento!, aprecio mucho la vida. La melancolía es parte de mi vida; creo que hay personas melancólicas de nacimiento y yo soy una de ellas. Hace varios años, en un chequeo médico de rutina, mi doctor me diagnosticó depresión moderada y me recetó Prozac. Nunca había padecido de depresión, además, no sentía tristeza ni nada parecido. Aunque no me gusta tomar pastillas lo intenté durante unos días, pero fue peor la diarrea y el dolor de cabeza que me produjeron. Creo que me dieron todas las reacciones adversas y no sentí ningún cambio anímico. Pronto me aburrí y, como es costumbre en mí, abandoné el tratamiento.

—Se debe tener paciencia. Los antidepresivos restauran el equilibrio químico en el cerebro. Las pastillas tienen un período para surtir efecto, tardan de dos a cuatro semanas, depende de cada persona. Es importante tomar la dosis adecuada. Posiblemente la suya era muy baja. ¿No le explicó nada de esto el doctor?

—No recuerdo. Todo era nuevo para mí. Por lo poco que he leído, los medicamentos y la psicología han avanzado mucho. A mí me enseñaron a no enfrentar los sentimientos, a callar y a seguir adelante con buena cara. La vida es difícil y hay que aguantar.

—Ahora se contradice. Hace un instante acaba de decir que no reprime nada. Existen mecanismos de defensa que nos impiden encarar la realidad, que muchas veces revela patrones negativos nuestros o de los progenitores. También influye la herencia genética que se transmite de generación en generación. El primer paso es identificar el problema, aceptarlo, para así poder modificar los comportamientos. Estos estados en algunos casos se van gestando durante años. Hay que profundizar para ponerlo todo en perspectiva y poder enfrentarnos a lo que nos está haciendo daño.

—Desenredar esta maraña va a tomar tiempo. ¡Ya me estoy deprimiendo! ¿No hay ningún tratamiento corto que me quite esta ansiedad?

—Vamos paso a paso. Más adelante veremos si es necesario recetarle algún medicamento.

—Observo el mundo a mi alrededor y parece estar

aparentemente bien, todos se comportan relativamente normal, pero yo me siento como un marciano que acaba de aterrizar.

—Eso es parte de la ilusión de separatividad, la individualidad, es su percepción de la realidad. Cuénteme cómo sería el día de ese marciano. ¿Qué hizo ayer desde temprano? Trate de no olvidar ningún detalle.

—Ayer por la mañana me levanté sobresaltado por una pesadilla, el corazón me latía tan rápido que pensé que me iba a dar un infarto y entré en pánico ante esa posibilidad; fui consciente de mi mortalidad. Estoy en los cuarenta y un ataque cardíaco podría ser fulminante. Respiré profundo, salí de mi cuarto y sonreí para no asustar a nadie.

—¿Se preocupa usted mucho por la gente, por lo que dirán, o es por no molestarlos?

—No, doctor, lo que pasa es que no quiero que piensen que me estoy volviendo loco. Por suerte, en mi familia no hay demencia, ¡que yo sepa!

—Continúe con su día —dijo el doctor Prado mientras anotaba: «Miedo a la demencia».

—Salí de mi cuarto y pedí el desayuno. Me senté a la mesa, hambriento. Los huevos enteros tenían las yemas duras y ya he dicho miles de veces que a mí me gustan suaves; el pan estaba muy tostado, casi quemado, y el café con leche, dulzudo. Tenía una cita con un cliente y no había tiempo para que me lo volvieran a preparar. Me fui molesto... El tráfico y la agresividad al nivel de Times Square, los hoyos, malas señalizaciones, taxis imprudentes, trabajadores ambulantes se me lanzaron encima como agresores y sin permitirlo me limpiaron los vidrios cuatro veces, agréguele usted que se queda corto. No lo aburro con detalles que se puede imaginar. Llego puntual a la cita. Después de esperar media hora, la asistente me dice que se cancela y yo, que tengo un carácter de los mil demonios, trato de controlarme para no ser grosero.

—Es normal, cualquiera en sus circunstancias se sentiría igual.

—¿Usted cree? ¡Ni una disculpa! Voy manejando por el kilómetro siete y de pronto siento que el timón me jala hacia la derecha. Me bajo para inspeccionar y tenía la llanta ponchada. ¡Gracias a Dios estaba casi frente a la gasolinera! Ahí me encontré a Roberto, un amigo, y mientras reparaban la llanta nos pusimos a conversar. Comenzó con el tema de la crisis nacional, los políticos corruptos, el problema de los cortes de agua, el injustificable alto costo de la luz... Entre quejas y diatribas me dijo que la comida del supermercado sabe a desodorante ambiental y que puede identificar dónde la compró su esposa por el sabor, y no perdió la oportunidad para hablarme mal de unos amigos en común. ¡Que fulano es un ladrón, que el otro es un tránsfuga, vendido y cornudo! ¡Qué falta de caridad, de piedad! En ese momento me pregunté: «¿Es esta la clase de amigos que yo deseo tener? ¿Es esa la conversación ideal? Si así habla de sus íntimos amigos, qué dirá de mí cuando dé la vuelta». De pronto me di cuenta de que estamos atrapados en un círculo vicioso de negatividad.

—Así es, hizo un buen análisis. Para remediarlo hay que tomar acciones decididas.

—¡Parece muy fácil! Eso de las decisiones y la disciplina. Es como el que no tiene la costumbre de tomar pastillas: lo hace por poco tiempo y después se olvida.

—Para eso ha venido usted aquí. Juntos vamos a encontrar formas de modificar el comportamiento y las actitudes. Si vemos la mente como un jardín de rosas, donde uno escoge qué especie desea cultivar, los colores y los aromas y las cuidamos con amor día a día, veremos cómo nuestro jardín será más bello que el de nadie, y si es por las espinas, aprendemos cómo tomarlas para no espinarnos. Tendremos rosas en tal abundancia que podremos regalar a los demás.

—Pues necesito comenzar a sembrar con urgencia ese rosal.

Un escandaloso reloj de cucú dio la hora. El flemático psiquiatra se levantó de inmediato y escribió en una desfasada computadora la prescripción.

—En la próxima cita continuaremos. Este es un proceso lento, pero efectivo. Trate de no preocuparse, no tome decisiones apresuradas, descanse, aliméntese bien y haga ejercicio, no vea películas de violencia ni noticias, evite a las personas conflictivas y protéjase de toda la agresión externa.

—Me encantan sus buenos consejos, ¡suenan tan adecuados! Solo de escucharlos me siento mejor.

—Dese permiso. Le voy a recetar unas pastillas para que descanse por la noche y otra para que pase el día relajado. Ha dado un excelente paso al buscar ayuda profesional. Muchas personas se quedan en ese infierno silencioso.

—Muy interesante su profesión. ¿No se deprime al escuchar tanta miseria?

—Es mi vocación, no me involucro emocionalmente. Veo al paciente de forma objetiva.

—Gracias, doctor. Hasta la próxima vez.

René salió relajado del consultorio. Sentía como si le hubieran suspendido temporalmente el castigo. Algunas palabras claves del médico lo aliviaron. Además, poder exteriorizar sus propias reflexiones libremente, desahogarse con el profesional, bien valió el tiempo y costo. Ahora sí estaba decidido a tomar pastillas para ahuyentar las pesadillas e intentar descansar.

Al cruzar por la rotonda El Güegüense, uno de esos buses chatarra descarte del primer mundo, repleto de gente, invadió su carril con criminal agresividad. Por sus rápidos reflejos quedó encaramado en la improvisada acera mientras el «Jesús es Nuestro Redentor», como se leía pintado en la parte trasera, se daba a la fuga.

—¡En balde pagué tanto! Ya me quitó mi buen estado de ánimo, tan sabroso que venía. El doctor enfatizó en que hay que controlarse, no dejarse afectar, no seguir dándole energía a lo sucedido.

Respiró profundo y se recostó para dejar pasar el sentimiento de impotencia e indignación. Recuperado del susto, siguió hacia la Avenida Universitaria. Un embotellamiento paralizaba la circulación. Varias unidades de la Policía Nacional resguardaban la zona y tres agentes redirigían el tráfico. Desde lejos llegaba el fuerte olor del humo negro de las llantas que ardían. Vándalos de diferentes edades, camuflados con pañuelos, tiraban morteros y agredían sin piedad a los desafortunados que habían quedado atrapados al frente. Quien no estuviera acostumbrado al folclor nacional pensaría que había comenzado una guerra civil. En una maniobra forzada se montó en el bulevar para dar la vuelta y, con la aparente indiferencia que da la costumbre, salió por atajos evadiendo el motín. Al llegar a su casa, una hora más tarde, se metió en la ducha para quitarse la suciedad del día. La comunión natural con el agua le estimulaba el cuerpo. Inspirado, sintió la necesidad de decir una oración:

—Dios mío, que este vital líquido limpie mi cuerpo y mi mente de toda impureza, que con él se vayan todos los males. Aclara mi mente. Ayúdame, Señor, que yo me ayudaré.

Se enjabonó el cuerpo con paciencia del modo que acostumbraba, de arriba abajo. Abrió la llave; el agua salió con presión, pero enseguida, incrédulo, vio cómo se arralaba poco a poco. Esperó esperanzado que regresara, pero solo caían gotas. Frustrado, René tomó la toalla y se limpió la espuma.

Al despertar por la mañana se tomó la pastilla como estaba prescrito. Al poco rato se sintió relajado. Desayunó unos huevos a la ranchera y al regresar al cuarto vio la cama, con las sábanas satinadas friitas, desarreglada y seductora. Luchando contra su consciencia se recostó con la intención de perecear un rato. Se fue lento, saboreando el sabroso sopor infantil de la inconsciencia. Despertó atontado y al ver el reloj se horrorizó, eran las doce del día y había dejado plantada a una buena clienta. Con el sentimiento de culpa del que practica la férrea puntualidad inglesa, telefoneó a la oficina para que enviaran una carta de disculpa y flores en desagravio por el plantón. Preocupado, se comunicó con el psiquiatra, quien le recomendó que bajara la dosis, lo que tampoco le dio resultado. El doctor dedujo que podría ser una reacción a algún componente y le prescribió otro medicamento. Entre un intento y otro nada parecía funcionar.

Por las tardes salía a trotar en la ciudad sin aceras, esquivaba a los imprudentes conductores y tragaba el polvo causado por la sequía y los fuertes vientos del verano. Después seguía una dieta de cereales, frutas y vegetales y, de vez en cuando, dos huevos a la ranchera con aguacate, frijoles molidos y su taza de café con leche y rosquillas norteñas.

En la siguiente consulta, René, familiarizado con la rutina, entró directo, se instaló en el cómodo sillón de cuero volteado café y esperó las instrucciones del doctor.

—¿Cómo se ha sentido en estos días? —le preguntó el psiquiatra.

—Estoy en la mala racha, es una cosa tras otra. Ya

no quiero ni salir de mi casa porque me da miedo de lo que pueda pasar. Aun en mi cuarto me siento inseguro; tal como está mi suerte me puede caer el techo encima.

—Yo lo entiendo. En este país las malas rachas vienen por partida doble.

—Lo bueno es que he tratado de poner en práctica sus consejos. Cada dos horas me levanto a dar un corto paseo, hago estiramiento y los ejercicios de respiración que me tranquilizan.

—En esta sesión vamos a retomar el tema de los compromisos sociales. ¿Disfruta usted? ¿Son una diversión que deja frutos o lo hace por cumplir?

—Antes disfrutaba, o eso creía, pero desde que dejé de tomar y fumar me siento incómodo. Todos tomando tragos, alegres y estimulados y yo con un té de Jamaica. Aunque ya me he resignado, es más saludable; además, prefiero eso que hacer pasar un mal rato a mis amigos y familiares con mi mal guaro, como dicen. Las pláticas antes eran divertidas, teníamos un grupo que tocaba temas interesantes y diversos, pero ahora todo se resume en criticar, ¡como si nadie fuese culpable de nada! Pareciera que no hay introspección ni análisis personal, reina el chisme, la intriga y las medias verdades. Detesto la calumnia y la crueldad desmedida que se queda impune. Lo peor es que al final se contagia hasta el más justo.

—Me decía que el licor alteraba su comportamiento. ¿Me podría detallar al respecto?

—Así es. Por las mañanas me contaban las historias

de horror que protagonizaba y de las cuales recordaba la mitad. Vivía con remordimiento, gomas terribles y lagunas mentales. Desde el día en que le levanté la mano a mi esposa y la vi toda golpeada, decidí entrar en los Alcohólicos Anónimos.

—Ese fue un gran paso de su parte. Su determinación para solucionar sus problemas dice mucho de usted.

—Mi esposa me dio un ultimátum. Nunca quise herir a mis seres queridos, era una fuerza que no podía controlar la que me dominaba.

—Lo felicito. El alcoholismo es una enfermedad que, por desconocimiento, no se trata, pero es una enfermedad terrible. Muchos alcohólicos pasan una vida vacía, sin horizontes, llena de sinsabores hasta la muerte. No todas las personas pueden consumir alcohol. Cuando hace daño debido a una predisposición genética, está prohibido, no debe consumirse. Lo que para unos es una simple decisión, para otros es una adicción que no les permite elegir. Al que no lo ha vivido le cuesta comprenderlo. Lo bueno es que para usted esa es una etapa superada.

—Ahora quiero vivir y disfrutar de cada momento, pero siento que las circunstancias no me dejan hacerlo. ¡Con tanta cosa no sé en qué momento me perdí! Le confieso que he estado tentado de tomarme un trago.

—Es parte de la experiencia humana. El sufrimiento nos ayuda a comprender, a crecer y a tener parámetros de comparación. Hay que aceptarlo como parte de la vida; poner resistencia no soluciona el problema. Es importante darse la oportunidad de ser feliz. Muchas veces nos saboteamos a nosotros mismos como si fuéramos nuestros peores enemigos.

—Al llegar a los cuarenta le he cogido pánico a las enfermedades. Primero fue el corazón, me daban repentinas palpitaciones, me concentraba en los latidos hasta tal punto que me llenaba de extrema ansiedad. Mi corazón se volvió un enemigo. Cada vez que a alguien le descubren una enfermedad o surge alguna epidemia, al día siguiente tengo todos los síntomas. Paso el tiempo dándole vueltas hasta el cansancio.

—El síndrome de hipocondría es un desorden. Además, al ser obsesivo compulsivo, inconscientemente alimenta esos pensamientos recurrentes.

—Es increíble lo resistente que es el corazón humano. Es un órgano admirable. ¿Doctor, usted cree que es solo una crisis pasajera?

—Tendré que evaluar el panorama completo para descartarlo, todavía es prematuro. Regresemos a los compromisos sociales, le voy a dejar una tarea. Haga un resumen de los beneficios y perjuicios de las reuniones sociales, sobre los personajes que aparecen y su opinión de ellos. Al regresar a su casa anote sus percepciones. Por favor, me lo envía para analizarlo y utilizarlo en la próxima sesión.

En la siguiente visita el doctor Prado sacó su libreta y empezó a cuestionarlo:

—Usted escribió que el estancamiento de la conversación y la búsqueda de terapia en el lugar equivocado lo agobian, pero que lo que más le molesta es la hipocresía y que todos le echen la culpa a alguien por su infelicidad y que no hablen de asuntos personales con profundidad y sinceridad. En las sociedades pequeñas esto es provocado por el miedo a ser juzgado, es un mecanismo de defensa debido a la ligereza con que se abordan las intimidades y los asuntos delicados. Muchas veces lo que cuentan es lo que quieren que la gente escuche, se guardan elementos claves que nos ayudarían a crecer como seres humanos y conocer mejor nuestra verdadera naturaleza. Medias verdades, miedos y prejuicios nos arrinconan y nos limitan la capacidad de ser seres libres.

—Hay veces que me da ganas de decirle a todos: bueno, cada quien saque su matraca que vamos a escuchar en silencio, y una vez que todos se hayan desahogado, comenzamos a divertirnos. Cuesta crecer en una sociedad así, se vuelve asfixiante.

—Tome resoluciones, no participe del juego, rompa usted esa rutina o retírese a otra actividad que lo haga sentirse bien. Sentirse bien no es un pecado, todos tenemos derecho a ser felices. En los países subdesarrollados se carga con una culpabilidad innecesaria que se vuelve crónica. Experimentar bienestar y plenitud nos hace sentir como si fuésemos unos inconscientes, como si no tuviésemos derecho a serlo. Lo que eso provoca es más infelicidad porque se vuelve un ciclo repetitivo y contagioso.

—Así es, contamina el ambiente. Tampoco mi esposa es muy comunicativa, no sé si le gusta o lo hace por mí. Cuando la conocí era muy casera y yo un gran vago y tomador. Se adaptó fácilmente a mi familia, amigos y costumbres. Ahora le encanta la gente y no sufre participando en ese juego social; ella parece tener otra relación con el entorno.

—No tiene que aceptar la realidad en que vive como la única. La transformación viene de adentro. Vamos a encontrar la forma adecuada para su caso. Hay que cambiar su programación interior, los patrones de comportamiento improductivos y reemplazarlos por otros.

—Qué interesante, doctor, jamás se me hubiera ocurrido. Cuesta separar los pensamientos de uno mismo.

—La mente sin control puede ser nuestra peor enemiga. Los pensamientos negativos generan energía que afecta el organismo y tienen mucho que ver con nuestras enfermedades, la hipertensión, la diabetes, las ansiedades, etc. Por eso hay que practicar la medicina preventiva. ¿En qué está pensando en este momento?

—En mi padre, que murió de cáncer.

—¿Piensa usted a menudo en eso?

—Últimamente es parte de mi rutina. Muchas veces no distingo si es él quien está en la cama moribundo o soy yo.

—Examinemos ese pensamiento. ¿Qué lo rodea?

—La terrible agonía que pasó, el desgaste emocional, el sufrimiento que causó a mi madre y a toda la familia.

—¿Hace cuánto tiempo que sucedió?

—Diez años.

—Ha trascurrido mucho tiempo. ¿Qué siente?

—Angustia, tristeza, impotencia, miedo al futuro y al de mis hijos, si será genético.

—Vamos a hacer un ejercicio. Veamos ese pensamiento angustioso. ¡Obsérvelo! ¡Siéntalo! Le vamos a poner un nombre: la vaca Julieta. Ahora, mentalmente, se va a montar en un globo que está sobre la vaca Julieta anclado como una garrapata. Soltamos las amarras y comienza a elevarse. Al iniciar el ascenso, ¿qué hay alrededor?

—Más vacas.

—Muy bien, y esas vacas ¿dónde están?

—En un corral.

—Siga elevándose más alto en su bello globo. ¿Y ahora qué ve?

—Una finca llena de ganado y pastizales.

—Continúe ascendiendo.

—Está rodeada de montañas.

—¿Y las vacas?

—Están muy pequeñas, casi ni se ven.

—Bueno, así son los pensamientos, ocupan un espacio y no son usted. Están dentro de un vasto universo. Luchan por tener primacía causando caos y ansiedad, vienen y van a su antojo provocando reacciones emocionales innecesarias. Le doy otro ejemplo: si los pensamientos fueran bloques y usted levanta un muro con ellos a su alrededor, no podría ver más allá, pero puede quitarlos uno a uno y sustituirlos por otros que causen la reacción deseada, felicidad y armonía. Además debemos construirlo a los lados.

—No lo había pensado así. Cuando me envuelven, me dominan y me dejan agotado, nos volvemos uno solo y el mundo se oscurece. Ahora veo por qué es adictiva la terapia.

—El cuerpo tiene sus mecanismos propios para lograr la homeostasis o balance natural. Por eso no se siente bien en las reuniones. La gente está tan angustiada que traslada toda la energía negativa, creando círculos repetitivos adictivos que nos hacen creer que no hay más realidad que esa.

—Doctor, le voy a mandar a mis amigos también, si logro convencerlos.

—Todavía hay muchos tabúes respecto a la terapia, creen que para pasar consulta tienen que estar dementes. La tortura psíquica que se ahorrarían. Hay personas que van al internista por un simple dolor de cabeza. Pero al psiquiatra, ni muertos.

—Encontrarse, eso es lo que hace falta. Mucha gente anda en busca de sí misma. Es terrible no saber quiénes somos. La horma de la sociedad y la educación perfilan con mayor fuerza nuestra esencia cuando pretenden despojarnos para volvernos animales sociales bien adaptados y así no sufrir el destierro. Como si tarde o temprano no nos fuéramos a rebelar en una revolución interior. Una vez que logramos encontrarnos entre ese montón de palabras y recuerdos despiadados; esa vorágine de emociones que nos envuelven como una cortina de agua atrapándonos dentro o tal vez al enfrentarnos a nuestra mortalidad al miedo de morir que vive adormecido, esa conciencia que viste de eternidad y que despierta asustándonos cuando siempre hemos estado al borde de la muerte.

—La muerte nuevamente.

—Antes no me preocupaba tanto la muerte. Cuando la sociedad te atrapa y te somete, la muerte de lo inservible se vuelve tu mejor aliada para despojarte de esa piel áspera que te comienza a dar alergia. Te libera el estar consciente.

—¡Exactamente! Es la crisis de la mediana edad. Todos los síntomas indican que usted está atravesando por esa etapa que se manifiesta entre finales de los treinta y los cincuenta. Se caracteriza por la necesidad de evaluación del pasado y el planteamiento de lo que será del resto de la vida. Se aprecia la muerte desde otra perspectiva. El tiempo que queda es corto y hay que aprovecharlo. Muchos entran en ciclos repetitivos y el tedio los consume, terminan sus vidas con dolor y angustia. Se presenta la disyuntiva de contraponer los compromisos adquiridos con las necesidades propias. Para algunos, sus decisiones de juventud no fueron acertadas o están agotadas. Sueños sepultados por las obligaciones. Son muchos los escenarios, dependiendo de cada persona. No a todos les da tan fuerte como a usted, hay personas que solo pasan por una etapa de profunda reflexión. En su caso, varios factores se conjugaron con su personalidad para llevarlo a tal desesperación. ¿Qué piensa usted de eso?

—¿De la crisis de la mediana edad en el trópico subdesarrollado o de la segunda y última rebeldía? ¡Qué poco conocemos de nosotros mismos! Nadie nos advierte, debería estudiarse en las escuelas. Las crisis de la existencia, las diferentes etapas con sus características particulares... Nos llenan de miles de productos del ingenio del hombre, descubrimientos, lenguaje, cultura, religión, mitología, pero nada sobre su naturaleza, nada de la vida misma. No estamos preparados, es un área obscura.

—Así pasa, por desgracia. Es en las escuelas y en nuestras casas donde nos imponen el yugo. Ahora está a las puertas de la época de la autenticidad, en el tiempo de la muerte de lo inservible, hacia la etapa de la liberación. Conociendo el problema hay que incorporar de forma práctica nuevas actitudes. Con respecto a los sufrimientos sin sanar: se logra cicatrizar la más profunda de las heridas y se regenera el hueso partido en dos. El corazón humano se recupera cuando lo dejamos descansar.

—Me siento afortunado de tener otra oportunidad y de poder ver las cosas desde otra óptica. Su ayuda ha sido muy valiosa.

—¿Hay algo que lo inquiete sobre esto?

—Al hablar de los sueños sepultados por obligaciones sentí un gran vacío. He cumplido tantos que a veces creo que los agoté todos.

—¿Ya no tiene sueños?

—Olvidaba que en mi juventud quise vivir en París.

—Tal vez necesite cumplir ese sueño. Un cambio le sentaría bien. ¿Por qué postergarlo?

—No puedo dejar todo tirado, tengo obligaciones.

—No busque más excusas. Ese puede ser el primer paso para su recuperación. Compre el boleto y tome unas merecidas vacaciones.

Desde el avión, presa de una gran impaciencia, trataba de identificar los nostálgicos íconos como atributos de un viejo amor platónico. La despedida, la nostalgia, la promesa incumplida de regresar pronto, se fundieron con el tiempo presente en uno solo. El tren de aterrizaje golpeó el suelo y se sintió realizado. Lo recibió la primavera en su fulgor. La ciudad parecía resguardada para su regreso. En apariencia, ambos eran los mismos en el reencuentro. Recorrió la ciudad reconciliándose con los lugares, tratando de repetir las sensaciones y retomar su espacio. Marcó los números telefónicos de varios amigos de antaño. Todos los números habían cambiado. Solo uno seguía siendo el mismo, el de Serge Soverin. Su hermana, quien contestó, le dio la noticia de su muerte en un accidente automovilístico ocurrido el año pasado. Revisó la guía, aparecían varias personas con los mismos nombres. Probó su suerte intentando uno por uno, pero sin fruto alguno. Convertido en un simple turista, se dedicó a visitar sus sitios favoritos. El Louvre, museo de espléndidas colecciones de arte, lo estremeció. Trocadero sufría el desgaste causado por los millones de turistas que lo visitaban anualmente. La torre Eiffel la recordaba más imponente. Algunos lugares de la capital escaparate estaban descuidados. Entró en el mercado de las Pulgas en busca de tesoros. Los comerciantes estafadores aprovechaban la ignorancia de los compradores para vender baratijas de maquila como costosas antigüedades. A pesar de estos inconvenientes, París continuaba siendo la ciudad deslumbrante de sus recuerdos de juventud.

De visita en los jardines del Campo de Marte, cansado por la larga caminata, divisó un área acogedora sombreada por viejos olmos. Había solamente tres bancas: en la primera, una viejita tejía un suéter; en otra, un hombre de mediana edad leía un periódico, y en la última, un joven de buena apariencia con expresión seria estaba absorto en sus pensamientos. En todas sobraba espacio suficiente para otras dos personas. Con reserva, René pidió permiso:

—¿No le molesta que me siente a su lado?

El joven lo ignoró. René, inspirado por los alrededores, dijo en voz alta:

—¡Es un paisaje hermoso! ¡La torre Eiffel enmarcada por estos frondosos árboles! Seguro que debe de existir una postal desde este ángulo, ¿no le parece a usted?

El hombre mostró total indiferencia. René agregó:

—¡Qué suerte tiene usted de vivir en París!

—¿Habla conmigo, señor? —preguntó extrañado.

—Sí, disculpe, pero no puedo quedarme callado ante tanta belleza. Conmueve hasta al más insensible. Llegué hace tres semanas y no dejo de maravillarme por sus encantos. Es mi primera visita en treinta años. Siempre guardé el deseo de vivir aquí. Me queda la interrogante de cuál hubiera sido mi destino en esta gran ciudad. ¿Usted vive aquí cerca?

—¿Está usted seguro que desea hablar conmigo?

—Claro que sí, es para mí un placer. Me llamo René Fernández.

—André Moulard. Vengo a este lugar desde hace mucho tiempo y nadie me ha dirigido nunca la palabra. ¡Es extraño que alguien me hable! —respondió el joven tímidamente.

—Aquí la gente es muy agradable.

—No lo creo así, señor, la mayoría de las personas ni siquiera establecen contacto visual.

—¡Qué pérdida!

—Todavía me siento extraño de estar conversando con usted.

—En mi estadía pasada hice muchas amistades, la gente era muy espontánea, salíamos por la noche al Jardin des Tuileries a tocar la guitarra, todos colaborábamos con la comida, unos compraban el pan y el queso y otros, los embutidos, las frutas y el vino. Siempre había un nuevo amigo que se sumaba al grupo.

—Los tiempos han cambiado, ya no es así. Cada quien en lo suyo, no hay tiempo para nada, a la gente no le gusta exponerse a los demás. Este es mi lugar favorito, vengo a sentarme aquí cada semana. A pesar de su belleza, si no está la banca totalmente vacía, se van, nadie se atreve a sentarse con nadie.

—¡Qué absurdo! Con lo agradable que es compartir con alguien estos momentos tan especiales.

—No siempre está en nuestras manos. ¡Cómo me gustaría que la realidad fuera diferente! Mucho de lo que he vivido en este lugar no tiene sentido —dijo André con profunda nostalgia.

—Podemos cambiar la realidad. Ya ve, estamos conversando usted y yo y nunca se imaginó que alguien le hablaría. Es hora de almuerzo. ¿Me acompañaría usted?

—¿Está seguro que desea almorzar conmigo?

—No lo habría invitado de no ser así.

—Tengo tiempo. Hoy pasaré la noche en casa de mi madre, que se encuentra enferma, y el tren para Normandie no sale hasta las seis.

Caminaron por los jardines enfrascados en una agradable conversación. René intentaba animar al joven, que no cambiaba su expresión de profunda tristeza y aprehensión. La ciudad que los rodeaba parecía armoniosa y vibrante, pero nada en ella lo emocionaba. René, que había dejado descansar a su pasado, alentado por la libertad del viajero sin rutinas, redescubría los viejos sueños que lo llenaban de nostalgia. Imaginaba cuántos recuerdos podría haber dejado en las esquinas de aquel romántico escenario, los amores que pudieron ser y que no fueron. La traicionera imaginación, que somete a la realidad, hacía de las suyas para torturarlo con los recuerdos de tiempos pasados.

—Cuénteme, André, ¿cuál ha sido su día más feliz en París?

—No recuerdo ninguno.

—Todos tenemos recuerdos felices.

—Si lo tuve, no lo recuerdo —reiteró André.

—¿Hay algún lugar especial? —preguntó René.

—Sí, la plaza del Odeón. Ahí conocí a Marie, mi primera novia, la persona a quien más he querido.

—El amor es un lindo sentimiento. Aunque se haya ido nos coloca ante nosotros mismos, nos muestra nuestra capacidad humana para amar a otros, es renovador, añorado, inspirador... Por eso lo buscamos por todas partes hasta encontrarlo dentro de nosotros mismos —dijo René.

—Lo que recuerdo es la traición, la pérdida de confianza. Desde entonces no me he vuelto a enamorar.

—¡Cómo nos marcan las malas experiencias! Nos envolvemos en ese sentimiento y quedamos estancados. Pero más sufren los que se enamoran del amor. Qué traicioneras son las endorfinas que se activan durante el enamoramiento. Cuando bajan los niveles buscan a otra persona para iniciar una nueva experiencia. Puede ser adictiva. Deja víctimas con heridas profundas que tardan en cerrarse. Lo que abunda es el seudoamor basado en necesidades complementarias. La única forma de encontrar el verdadero es lanzándose de cabeza ante la experiencia, sin limitaciones ni miedos —expresó René.

—¡Muy cierto! Estoy tan concentrado en mi dolor que, sin percatarme, me he cerrado al mundo y a las posibilidades que ofrece. Me rendí por miedo a sufrir.

—Lo peor es que no nos damos cuenta de la magnitud del daño que se nos causa o que causamos. La realidad parece que conspira en nuestra contra, y cuando pensamos que todo pasó, las cosas muchas veces empeoran. Es nuestra actitud y el buen carácter ante ellas lo que marca la diferencia en la calidad de las experiencias en nuestra vida.

El joven comenzó a relajarse con el recién conocido. Empezó a emerger una complicidad fraterna dentro del anonimato. Como si quisiera vomitar algo que se le había atragantado, André dijo de pronto:

—¡He pensado en el suicidio! Nunca se lo he dicho a nadie. He padecido mucho sufrimiento en silencio.

—¡Lo comprendo! ¡La vida no es fácil! Parece un desierto lleno de espejismos que se desvanecen al llegar con mayor frecuencia de lo esperado. Mi mundo, hasta hace poco, era un caos. Estoy en recuperación de una crisis. Siento que voy a superar una etapa que parecía no tener fin.

—Yo lo percibí como alguien emocionalmente estable, feliz y lleno de vitalidad —afirmó André.

—En mi larga experiencia he visto todas las desgracias humanas. Muchas veces, sin querer, invaden mi mente como voces fantasmales: la desesperación, la necesidad de amor, el cuidado de los niños y ancianos abandonados en nuestros hostiles sistemas de falsa protección. He vivido el dolor de la separación, el exilio, la muerte prematura de miles de personas inocentes. Somos unos privilegiados sobrevivientes, pero a pesar de todo, vale la pena vivir. Ya que estoy en este mundo deseo experimentar todas las etapas de ser humano, en cualquier condición, y cuando llegue la muerte voy a entregarme a ella sin miedo. Me dejaré llevar sin traumas ni resistencias en esa última experiencia natural.

—Si todos pensáramos así, sufriríamos menos.

—Mientras esperaba el abordaje en el aeropuerto de Managua buscaba la clave para resolver un acertijo existencial. Por casualidad, alguien con quien me he cruzado en muchas ocasiones sin intercambiar palabra, se sentó a mi lado y me dio la respuesta —contó René.

—¿Qué fue lo que le dijo? —preguntó André.

—«Mientras más tardes en aceptar, más tiempo sufrirás». Azares del destino. Queremos entender algo importante, asimilarlo, y muchas veces necesitamos la última clave para aceptarlo como una realidad. Viene en un sueño o en la frase inesperada de un extraño —respondió René.

André, que estaba cautivado por la conversación, se percató de la hora y apesarado dijo:

—Desafortunadamente, el último tren sale en veinte minutos. No quisiera tener que marcharme, pero debo acompañar a mi madre esta noche y el viaje es largo. Podríamos volver a vernos otro día.

—Mañana regreso a mi país. En verdad que me hubiera encantado. Me llevo un grato recuerdo de este encuentro.

—Le agradezco mucho que me haya regalado una tarde de su vida —dijo André.

—No olvide, amigo, que en cualquier circunstancia hay que cuidar el espíritu que, como la hiedra, lo va cubriendo la adversidad hasta que desaparece la esencia de nuestra condición humana.

André, nostálgico por lo fugaz del momento, estrechó fuertemente la mano de René. Ambos sintieron la congoja de los amigos entrañables que se despiden para siempre. El francés caminó a paso lento rumbo a la estación de tren. Se fue alejando por la acera, se detuvo de pronto y se volteó; su rostro mostraba la primera sonrisa de la tarde. Levantó la mano para decir adiós, dio la vuelta y se perdió entre la multitud.

Siempre te esperaré

Acababa de cumplir los ocho años cuando mi mamá, agobiada por la crisis económica, decidió irse a los Estados Unidos. Todo sucedió tan rápido que me tomó varios meses asimilarlo. Por las tardes esperaba su regreso sentado en el bajo muro de piedra cantera del porche con la mirada fija al inicio del callejón que llevaba a nuestra casa. No quería perderme el momento en que apareciera su silueta lejana ni el sonido de sus pasos, que reconozco con los ojos cerrados y que contaría con inefable emoción mientras se acercaba a mí. Ansiaba verla entrar con el resplandor amarillento del sol a sus espaldas a la oscuridad de la casa de pocas ventanas, siempre cerradas, y volver a aspirar el perfume dulce que usaba.

Recuerdo que una noche soñé que me metía entre las sábanas, atento al momento en que mi mamá llegara al cuarto a darme las buenas noches. Tenía dudas de por dónde entraría, si lo haría por las ventanas o por un hueco en la pared que abriría con sus superpoderes. Se perfilaba un halo de luz que se materializaba en una mujer de mediana estatura que, suspendida en el aire, atravesaba la puerta cerrada, una mujer que no era mi madre, sino un ser etéreo que con una voz susurrada ofrecía concederme un deseo. Fue tanta la emoción que me desperté indignado porque no logré pedirle que me concediera el deseo que tanto anhelaba. Añoro mis primeros años de vida; creo que fue a los seis cuando mis padres y yo dormíamos en un humilde cuarto de paredes de bloques sin repellar. Mi catre estaba ubicado a una distancia de más de un metro de separación de la de ellos y un viejo cobertor raído y remendado, usado como cortina, colgaba de una cabuya amarrada a unos clavos de un extremo a otro de la pared con el objetivo de darnos la ilusión de privacidad. Ese muro de trapo me permitía oír la voz cercana de mi mamá que me calmaba como un arrullo que se iba alejando a medida que me deslizaba hacia las profundidades del sueño en un gozo que me hacía sentir protegido de todo mal.

A mi madre la inventaba de muchas maneras. Unas veces era compasiva; otras, tan fuerte que no le temía a nada y era capaz de luchar contra la injusticia y las arbitrariedades, y en ocasiones era una heroína de historietas que llegaba a salvar a los oprimidos o venía volando y me llevaba hacia un edificio alto de los Estados Unidos, de los que salían en las películas que veía en la televisión en blanco y negro del vecino, para ponerme lejos de cualquier peligro. Solo ella podía rescatar a ese niño tímido y miedoso para quien el mundo era una enorme bota que lo aplastaba a cada paso y protegerlo de la incomprensión y la crueldad. Tenía una madre para cada ocasión.

Me di cuenta de que éramos pobres por la maldad de un compañero de clase que me lo gritó en la cara. Pobre... Si en la pulpería de la esquina había de todo, y podía comprar al fiado, era feliz con un pico de a peso y una gaseosa que me ganaba después de ir y venir de la venta con el ron Plata en bolsa de plástico y los cigarros menudeados de mi tío... Pobre. Lo más lejos que había llegado era al colegio del barrio, que quedaba a tres cuadras de mi casa. Conocía poco de cómo funciona el mundo. Confieso que preferiría regresar a la ignorancia de aquellos tiempos que pensé que serían eternos. Pero en la vida, irremediablemente, todo cambia y aprendí a adaptarme a los papeles sociales y a sufrir por el que me había tocado.

En la escuela primaria los profesores eran unos tiranos que trataban de domar a unas pequeñas bestias por un mísero salario. Todo lo resolvían con gritos, castigos y golpes, hasta que llegó la maestra Rosa Inés, una mujer joven y dulce que sabía sonreír y dirigirse a los alumnos con voz suave y paciente; nunca se alteraba. Aquellos animalitos salvajes se convirtieron en algo más que una molestia. Yo percibía que al mirarme se iluminaba su rostro bien formado. En una ocasión que la tristeza me embargaba y me arrastró tanto sentimiento incompresible que se tradujo en un arrebato infantil, solo bastó que tras una sonrisa me cerrara el ojo para sentirme el ser más dichoso de la tierra. En mi mente pueril eso era el amor, me había hecho el mejor de los regalos: sentirme querido. Qué afortunada su familia y más su sobrino, de mi misma edad, que tenía el privilegio de acompañarla donde quiera que fuese, con quien me congracié apenas pude para sumarme al cortejo que la seguía por la calle cada mañana rumbo a la escuela, mientras ella caminaba adelante protegida por una sombrilla negra. Ser profesor fue desde entonces mi máxima aspiración. En mi barrio las cabezas de familia del vecindario eran empleadas domésticas, celadores y choferes. La Taconuda era la rica del barrio, había logrado estudiar contabilidad y trabajaba de cajera en una sucursal de Western Union. A pesar del calor se vestía de chaqueta y usaba medias de nailon y zapatos de tacón alto para ir al trabajo. Apenas llegaba a la calle pavimentada les limpiaba la mugre que dejaba el polvazal del verano o los charcos del invierno con una toallita rosada que cargaba en la cartera. El personaje divertido de la cuadra era la Cotorra, una señora obesa y mal hablada que conjugaba una amplia selección de obscenidades con sabrosura. Cuando estaba sola me invitaba a tomar un fresco como excusa para contarme todos los chismes del barrio.

Muchos de mis compañeros también tenían madres o padres que habían emigrado a los Estados Unidos por la falta de empleo o por los trabajos mal pagados que los mantenían en la miseria. Ellos quedaban al cuidado de las abuelas o los tíos. Me recuerdo de Yesenia, la palillona, agitando su bastón translúcido relleno de escarcha y estrellas doradas que le mandó por correo su madre, y de Miguel, mi vecino, que estrenaba lonchera y bulto cada año. Se jactaba de que sus padres vivían en Oklahoma y que pronto se iría donde ellos. Es cierto que tardaron un poco en llevárselo. Para su suerte le mandaron el pasaje y su abuela logró conseguirle la visa gringa y por fin se fue a los Estados Unidos. En los siguientes años, uno a uno mis amigos se fueron al extranjero con sus padres. En mi mente, los Estados Unidos era un ladrón que se robaba a los seres queridos, era el centro de la injusticia humana, el imperio causante de todos los males del mundo, el hacedor de guerras, el injerencista. Era un monstruo seductor insaciable que engullía a la gente que se iba por montones. Pero aun así, me encantaban los empaques de burbujas de plástico con que venían protegidos los regalos que enviaban desde allá a mis amigos porque podía explotarlas una a una para respirar el aire de los Estados Unidos que venía atrapado dentro.

Han pasado veinte años y todavía me siento a esperar a mi madre en el muro del porche con la mirada fija al inicio del callejón por donde solía aparecer cada tarde a su regreso del trabajo, en el mismo lugar donde a los ocho años le dije adiós por última vez antes que se fuera del país. Todos estos años mantuve siempre la esperanza de que vendría a buscarme para llevarme con ella. Aun a sabiendas de que la vida está hecha de secretos y sorpresas que tenemos que aceptar con resignación, me sorprendió enterarme hace unos días, por boca de un extraño, que a pocos meses de su llegada a los Estados Unidos se enamoró de otro hombre y había formado una nueva familia.

Conflicto de intereses

Jueves

—Yo creo que no te has casado por estar cuidándome. Dejaste pasar los mejores años de tu vida. Estoy vieja y tengo los días contados. ¿Quién te va a acompañar en el ocaso de tus días? Es triste quedarse sola. Qué egoísta he sido.

—No diga eso, mamá, ha sido mi decisión. Usted me conoce bien y no estoy dispuesta a aguantar a esos machistas que solo quieren que les sirvan, tener sexo egoísta y para colmo, que les acepte sus infidelidades. Sabe que tengo mi carácter y a los hombres no les gustan las mujeres que piensan, que tengan convicciones y ambición. Se sienten amenazados.

—Son puras excusas. Sos una miedosa blandengue a la que no le gusta sufrir.

—¿Y por qué tendría que sufrir? ¿Y quién inventó que el matrimonio es el estado ideal para la realización de una persona? Tal vez para parir hijos y criarlos dentro de la fantasía de tener un hogar. A ver, nómbreme una pareja feliz que usted conozca. Podría escuchar una aguja caer en este silencio. ¿Verdad que no la encuentra? Esos que pregonan maravillas son unos mentirosos que te quieren hacer caer para que compartás su miseria.

—Desde que me diagnosticaron el cáncer me preocupás más vos que la maldita enfermedad.

—Mamá, usted está curada. Después de que le extirparan el útero y se hizo la quimioterapia, está libre de cáncer.

—Del cáncer no te librás, te queda la metástasis mental. No hay día en que no piense en eso. La fe en Nuestro Señor es la que me sostiene. Hija, nunca te apartés de Dios, que cuando llegués a mi edad y tengás que sufrir un sinfín de enfermedades, lo vas a necesitar.

—Para las enfermedades están las medicinas.

—Sos irredenta, no tenés compostura. Está bien, pasemos a un tema más ameno. Hablé con mi vieja amiga la Azalea, que vive en los Estados Unidos. Me contó que su hijo se viene de Washington a vivir en Nicaragua. Me habló bellezas de él. No conoce a nadie. Le ofrecí la casa para que se hospeden mientras se instalan. Él compró un caserón en la Estancia de Santo Domingo, que no se la entregan hasta dentro de un mes. Y tal como son las cosas aquí puede que se prolongue su estadía.

—Es un admirable gesto de generosidad de su parte.

—Me dijo que su hijo Arístides es galanísimo. Es joven, tiene cincuenta y dos años. Yo lo veo perfecto para vos.

—Ya sé por dónde va, mamá. Pues si es tan galán, seguro que las mujeres lo persiguen y que alguna lo habrá atrapado. Dudo que esté soltero. Seguro que viene con la esposa.

—Nunca se ha casado. Y solo te lleva dos años.

—La edad me parece bien porque yo jamás saldría con nadie menor de cincuenta. A esa edad es cuando comienzan a madurar los hombres.

—O sea, que le vas a dar una oportunidad.

—Bien sabe que no ando buscando marido.

—Necesitás a alguien que te cuide y te proteja.

—Yo me valgo sola. Los hombres son los que quieren que les sirvan y los cuiden, no es buen trueque. También tendría que chequear su historial médico, porque terminar mi vida cuidando enfermos, ni loca. No tengo vocación de enfermera. A esa edad comienza la decadencia física. Prefiero morir virgen.

—Tomá en cuenta que desde pequeño ha sido criado en los Estados Unidos. Allá aprenden a compartir las responsabilidades del hogar y con los hijos.

—Los nicas regresan a su país y por arte de magia se les cae el barniz. Pisan este suelo y ahí mismo muere la democracia, la justicia y la igualdad. ¡Qué raro que no tenga hijos y nunca se haya casado! A saber cuántas mañas tendrá para que no haya encontrado a nadie.

—Pues ya tendrían algo en común. Dale una oportunidad.

—¿Y si es gay? Ahora está de moda ser gay, heteroflexible, bisexual. Tal vez se viste de mujer en la intimidad.

—Parecés la hija de Satanás. ¿A quién saliste? Yo era noviera desde los quince y tuve varios pretendientes antes de escoger a tu padre.

—A mi padre yo no sé qué le dio usted, era un pan de Dios. Él supo aguantarla, porque usted, mamá, es complicada. De esos hombres ya no quedan.

—Ya vas buscando pleito, veo que me querés provocar, pero a mí todo me resbala. Después del cáncer me podés decir lo que te dé la gana que yo ni me inmuto.

—No me ponga a prueba, mamá.

—Este sábado llegan.

—¿Y por qué hasta ahora no me lo ha dicho? Me lo ocultó para agarrarme de sorpresa.

—Te da tiempo para que vayás al salón de belleza y te tiñás esas raíces canosas. Porque así no vas a encontrar marido.

—A mí, que me quieran como soy.

—Si no te pintás esas uñas ni te teñís el pelo y no cambiás esas camisetas y pantalones por algo más femenino...

—Y no dice usted que está educado en los Estados Unidos. Si allá las mujeres son lo más simplonas. Yo prefiero la comodidad sobre todas las cosas.

—Pero allá venden millones en maquillaje. ¿Y entonces, quién se lo pone? Si hasta los hombres se maquillan ahora. Por eso te lo digo. Hablemos de cómo lograr una mayor aprobación. ¿Por qué conseguiste tu empleo? Porque ibas bella. Dejaste que yo te maquillara y te vistiera como mujer.

—Me van a dar cáncer estos disgustos a los que me expone. Usted me tiene estresada. Ya me tiemblan las piernas. Hasta sentí que tenía esperanzas, que estaba quedada. ¿Qué me pasa? El matrimonio y los hijos son producto de la inconsciencia.

—Te fijás que se te cayó el barniz. Cuidado con soltar prenda a la primera, que pierde rápido el interés. Por qué creés que se volvió loco tu padre. Porque lo hice esperar hasta la luna de miel. Las cosas ahora no funcionan porque las mujeres no escuchan. Primero se firma el papel y después se entrega la prenda. Ya usada nadie te respeta.

—¿Y hablará bien el español? ¿No dice que se fue chiquito?

—En el amor sobran las palabras, es más simpático hacer muecas y gestos para hacerse entender que hablar tanto; las palabras entorpecen la relaciones. Mientras menos hablen, menos diferencias encontrarás. A menos que seas prudente, y vos no conocés esa palabra. Ya te veo haciendo de gallina clueca. Además, a tu edad no podés pedir mucho.

—O sea, que estoy devaluada. Y mi experiencia y sabiduría no cuentan. ¿No le mandaron una foto por lo menos? Eso de ver a alguien de sopetón es una prueba cruel. Odio ese momento de examen en que uno no sabe qué hacer.

—¿Y acaso tenés experiencia? No me lo has contado, parece que hay cosas que no sé. Y yo que todo te lo cuento...

—No hay que ser muy creativa para imaginárselo.

—En la calle hay demasiada competencia, ya no se

encuentran ni buenos trabajos ni hombres con un mínimo de cualidades. No hay que buscarles los defectos.

—Ya quisiera verla con uno de esos trogloditas borrachos de yerno. Iba a ser usted la primera en correrlo de la casa. Yo difiero. Si es por hombre, mañana le traigo uno. Son tan fáciles que da vergüenza. Pero prepárese, que esto se volverá un infierno.

—Regresemos a nuestro fino, educado y muy decente amigo que viene el sábado. Ya hice la cita en el salón para mañana. Esto va a ser cosa de todo el día, porque también necesitás un buen corte de pelo. Ese estilo que no has cambiado en años ya no te luce.

—Solo usted se da el gusto de decirme lo que le da la gana. Pero si yo la contradigo, se molesta.

—Que todo parezca natural y espontáneo. Vos te hacés la desentendida, a los hombres no les gustan las mujeres agresivas.

—Y usted qué sabe si a él no le gusta que lo mangoneen. Hay hombres que solo así les sacás el paso. Debería haber comenzado por interrogar a doña Azalea sobre su hijo para conocer los antecedentes.

—Ni quiera Dios, la Azalea es desconfiada, cree que todas las mujeres andan detrás del dinero de su hijo.

—Eso no me lo había contado.

—Él viene a retirarse, forrado de dinero. Va a poner un negocio por diversión. Para no aburrirse.

—Su amiga siempre fue una presumida. ¿Está segura de que no es ella la que quiere manipularla para que le haga el lado y quedarse con mi dinero?

—Con esa suspicacia nunca te vas a casar. Vos que sos tan moderna buscalo en Facebook.

—Vamos a consultar en Google, no sea que tenga cargos pendientes con la justicia, que aquí se vienen a esconder los prófugos. Déjeme revisar su Facebook. Arístides Somarriba González. Me imaginé que no habría muchos con ese nombre. No me gusta. Pensé que ya nadie se llamaba así.

—¡Ese es..., el chele galán!

—¡Ay, mamá, está guapísimo! Solo tiene una foto y es de hace mil años. Están bloqueados sus álbumes. Le voy a pedir amistad.

—¡Ni se te ocurra! Una mujer seria no anda de ofrecida.

—¿No quiere que encuentre marido? Ahora las mujeres tomamos la iniciativa. En Google aparecen varios con ese nombre, pero no sale el segundo apellido ni fotos. Nadie que viva en Washington. Mire, aquí hay uno que fue acusado por un desfalco. ¿Y si fuera él? Esta noticia es vieja. Me parece extraño que alguien que ha vivido en los Estados Unidos toda su vida escoja venir a terminar sus días en este fin de mundo.

—Qué matamama que sos, si esto es el Edén. Te acepto que critiqués a esta gentecita con quienes estamos atrapados aquí, que se ponen cada vez más insoportables, que te disguste el polvo, la suciedad y la infraestructura desordenada y espantosa, pero estos paisajes naturales son de postal. Aquí no tenemos amenazas terroristas, y cuando venga la Tercera Guerra Mundial y lancen un misil nuclear, seremos nosotros los que sobreviviremos y repoblaremos el mundo.

—¡Ay, mamá, que triste presagio para la humanidad!

VIERNES

—¡Quedaste preciosa! Se me había olvidado lo linda que sos. Si siguieras los consejos de tu madre, ya tendrías marido.

—La que quiere que me case es usted. A mí ni se me había cruzado por la mente perder mi libertad a estas alturas. Con la capa de maquillaje que me aplicó esa maquillista, sí que exageró, me parece que es para la noche. Con las uñas largas postizas que me pusieron y con este peinado enlacado me siento como que no soy yo. No quiero ni moverme, no puedo manejar la tableta ni el celular ni hacer mi siesta a gusto por no despeinarme. Estos zapatos de plataforma altísimos son muy incómodos, tengo que aprender a caminar de nuevo. No estoy acostumbrada, mamá, y este vestido de una pieza que me escogió me queda muy ajustado, es demasiado provocador. Ya estoy muy vieja.

—¡Vieja...! Nunca mencionés esa palabra delante de un hombre. Es idea mía o estás entusiasmada.

—Usted, que me anda dando cuerda... Yo lo hago por seguirle la corriente.

SÁBADO

—Qué alegre verte, Azalea. Bienvenida, estás en tu casa. ¿Y Arístides?

—Vendrá en un rato, anda resolviendo un problema con el equipaje. Estas aerolíneas son un desastre. Gracias por tu hospitalidad, amiga. No reconocería a tu hija si la viera en la calle —dijo doña Azalea.

—Recuerdo a Arístides chiquito. Era precioso. Parecía un príncipe. Cómo me va a encantar verlo —dijo la madre.

—Es un amor, he sido bendecida, me ha salido tan buen hijo... Es lo más sencillo del mundo, considerado, generoso, no toma ni fuma, hace ejercicios, cuida su salud. No recuerdo que haya tenido un catarro en años. Es que su positivismo le mantiene las defensas altas. Su único defecto ha sido vivir inmerso en el trabajo, por lo que no le ha dado tiempo al amor. También ha influido que es casero, no sale. Yo creo que por eso no ha encontrado a nadie. Además le gustan las mujeres sencillas, naturales, espontáneas y con carácter. Es como esos hombres de antes, un caballero. Él es muy comprensivo y no pretende cambiar a nadie. Yo no lo entiendo, cree en la liberación femenina. De la última muchacha que conoció, lo desanimó que lo hacía esperar horas mientras se transformaba en una vampiresa. Le molestaba que usara tacones altos porque es pésimo para la columna y que viviera pendiente de lucir bien. Menos mal que desde un inicio cortó esa relación, porque no le gusta entusiasmar a las mujeres, él sabe cómo sufren. Yo me alegré porque a mí no me gustaba para nada, era muy superficial.

—Hijita, no te atraso, sé que ibas de salida a tu reunión. Qué te vaya bien —dijo la madre.

—¿Mi reunión...? Estoy tan a gusto escuchando a doña Azalea que soy capaz de no ir, mamá —dijo la hija con sarcasmo.

—¿No vas a esperar para conocer a mi hijo? Llegará pronto —preguntó doña Azalea.

—Voy a una fiesta sorpresa, de disfraces, y tengo que llegar antes que la cumpleañera —dijo la hija tratando de parecer convincente.

—¿Y de qué vas disfrazada?

—De *femme fatale*. Creo que lo logré, ¿no le parece?

—Quedaste espléndida. Yo solo te pondría una pintura de labios un poco más roja, un rojo carmesí, y te pintaría un lunar.

—Agradezco su sugerencia.

—Andate, ya no te atraso. Comprendo que no podés dejar plantados a tus amigos. No te preocupés, que mañana en el desayuno tendremos tiempo para platicar y conocerás a Arístides —dijo doña Azalea.

—Muchas gracias por su comprensión, doña Azalea. Nos vemos mañana en el desayuno —dijo la hija.

Made in the USA
Columbia, SC
16 November 2022

71365466R00121